킬트, 그리고 퀼트
주민현 시집

—

문학동네시인선 131 주민현
킬트, 그리고 킬트

시인의 말

　　문을 열고 나오면 언제나 두 개의 길이 있다
　　하나는 교외의 해변으로 통하는 길, 하나는 작은 성당과
식료품점을 지나
　　도시로 가는 길;
　　놀러온 꼬마들은 신발을 벗어둔 채 해변으로 가고
　　동네 사람들은 반대의 길을 간다

2020년 3월
주민현

나보다 멋지고 용감한 이들에게

차례

2부 이곳의 이웃들은 밤잠이 없는 것 같아

3부 코를 고는 사람은 코만 남은 것처럼

4부 사랑은 있겠지, 쥐들이 사는 창문에도

1부

우리는 계속 사람인 척한다

네가 신이라면

네가 신이라면
첫 페이지에 역사와 종교를
다음 페이지에 철학과 과학을 적고
스물네번째 페이지쯤에 음악과 시도 적겠지
그렇다면 나는 눈을 감고 거꾸로 책장을 넘기겠네

독재자의 동상 앞에서
예술가들을 추방한 철학자들과 춤을 추겠네

네가 신이라면 새들에겐 그림자
인간에겐 견딜 만한 추위와 허기를 주고

그들의 기쁨과 슬픔을 공깃돌처럼 가지고 놀겠지

나는 구멍난 공깃돌에서 흐르는
작은 슬픔을 엿보네

네가 신이라면
나는 네 두 눈 속에 오래 서 있는 동상
네 다리를 핥는 회갈색 눈의 개

너는 사랑하는 두 사람과 두 사람을 막아서는 나무들
무성한 나무들의 숲과 그 숲에

울려퍼지는 절규의 화음을 만들지

그것을 사람들은 음악이라 부르네

소년들은 커서 좀도둑이 되고
소녀들은 헐값에 신부가 되고

네가 신이라면 나는
무성한 나무숲을 돌지
포기를 모르는 들개처럼

네가 신이라면
너는 아무 소리도 듣지 못하는 하나의 귀

나는 밝은 대저택과 침침한 교회 앞에서
하인처럼 조아리는 두 개의 음악

트리에 온통 반짝이는 것은
심장처럼 매달린 전구들

나는 붉게 빛나는 허름한 구두 한 짝

하늘엔 비행기

― 땅에는 부드러운 털모자를 쓴 인간들

실밥은 터진 호주머니 사이로 흐르고
가난한 연인들은 사랑을 조각보처럼 기워서 입고 다니지

―

킬트*의 시대

치마 입은 남자들과 춤을 추었지
스코틀랜드의 어느 광장에서

치마는 넓게 퍼지고
돈다는 것은 계속된다는 거지

체크무늬, 백파이프, 퍼지는 담배 연기 속에서
가끔 멋진 남자를 동경하지
낮게 깔린 목소리도 그럴듯하게

그리 깊지는 않은 역사를 간직한
무늬의 치마를 입고
춤을 추는 우리가 남자이거나 여자이거나

치마는 소리 없이 돌고
돈다는 것은
돌면서 계속 새로운 무늬를 가진다는 거지

돌았니, 하고 물었던 사람이 있었지
조용히 하라는 말도 들었지
치마를 입고 상스럽게 앉은 어느 날이었지

치마를 입고 함께 춤을 춘다고 해서

우리의 성이 같아지는 건 아니지만

한때 노동복이었던
치마를 입은 내가 스코틀랜드에선
남자여도 이상할 건 없지

체크무늬, 바둑알을 두기에도 좋은 타탄무늬
계급과는 먼, 복고풍의 치마를 입은 내가
남자이거나 여자이거나.

한때 노동자였던
사람들의 타탄무늬를 그리며

이 거리에서 우리는 모호하게 기워져 있지
깁다, 라는 것은 깊다는 것과 별 관계가 없지

킬트, 그리고 퀼트
그리 깊지는 않은 전통에 대하여

허리나 엉덩이 주변을 감싸는 천
또는 그런 손에 대하여

체크무늬의 치마, 우리를 깁지

가장 완벽한 핑크색을 찾아서

린응사의 여성 불상을 보고
핑크 성당을 향해 걸었지만
베트남이 꼭 여성적인 도시란 뜻은 아니지

소음과 오토바이와 열기의 뒤엉킴 속에서
누가 사라져도 아무도 모를 것 같다고 느끼며

핑크란 어떤 색일까 생각했다

반절 갈라 보인 무화과 안쪽의 색깔
누군가에 따르면 덜 빚은 인간의 색깔

나는 물기를 뚝뚝 떨어뜨리며 거리를 보고 세상을 본다
이제 막 태어난 사람처럼

유리 가게에서는
실격당한 유리가 망치에 부서진다

나는 두 발로 선다, 땅에 꽂힌 파편처럼

어떤 것이 옳다는 것은 어떻게 알까
어떤 것이 좋다는 느낌은 어떻게 올까

그냥 아는 거지, 모른다 해도
좋아 실존의 뜻을 몰라도 살아 있는 것처럼

핑크색에 흰색을 좀더 섞으면 이 벽은
금방 무너지기 직전의 집

나는 그 집에 들어가 가만히 앉아본다

가장 완벽한 핑크색을 찾아서
걷기 시작한 어느 날이었고

당신이 원하는 가장 여성스러운 사람이 되고 싶어

나는 낮은 목소리로 말하며 치마를 들췄지만
사실은 결코 그러고 싶은 마음이 없다

오리들의 합창

여기 보세요, 소리치는 어미 오리를 따라서
우리는 꽥꽥, 대답이라도 할 것처럼 모여 섰어요

수영의 기본은 호흡이에요
무릎을 쭉 펴고 허벅지로 차는 거예요
먹이를 꿀떡꿀떡 받아먹으면서 하나씩 전진했어요

아직은 우리가 닭인지 오리인지 모르고
이왕이면 물에 잘 뜨는 오리가 되고 싶은데

들리는 귀로 안 들리는 소리도
안 들리는 귀로 들려오는 소리도
모두 뽀글거리는 기포로만 남은 물속에서

수영복에 딸려온 싸구려 수경은 세상을 많이 왜곡하고
그러나 수경을 벗어도 진짜 세상이 보이는 건 아니에요

이 세상이 사실은 거대한 어항 안이라면
언제나 벗을 수 없는 수경을 한 겹 쓰고 있는 거죠

일렁이는 물빛은 라틴 음악을 닮았고
다른 행성에서 본다면 우리는
지독히도 춤을 못 추는 것처럼 보일지도 몰라요

잘못 들어온 개 한 마리가
수영장의 리듬을 바꾸고

지난겨울 당신은 퍽 쓸쓸해 보이는 사냥개를 안고서
집으로 돌아왔지요

퇴역 군인으로서 개와 친구가 된 당신은
옛 버릇처럼 엄포만을 놓기 일쑤,
개는 이제 당신만 보면 슬슬 손길을 피하고

마음대로 되는 게 없어요
맘대로 되는 게 없군요
물속에선 뭐든 천천히 힘을 빼야 하는군요

저녁반 수영장에 오는 사람들은
누구든 열심히 사는 사람들 같아요

토요일에 본 영화 속 악당들은
집행유예와 정상참작으로
교도소와 면회실을 들락거리다
좀도둑은 좀도둑대로, 날강도는 날강도대로
일벌백계도, 개과천선도 없이 늙어버렸지요

그러나 물속에서는
밖에서의 규칙들을 잊어버려도 좋아요

잔뜩 마신 물이 수염맛인지 양떼맛인지
나의 말도 앞사람의 기침 소리도
모두 뽀글거리는 기포로 남는 물속에서

어느 땐가 내 차 앞으로 뛰어든 자전거를 생각했고
눈을 꼭 감고 미끄러지던 새파랗게 젊은 사람의 자세 같
은 걸 생각했어요

계속 나아가세요, 물장구치세요, 멈추지 마세요,
밖에서 들이쉰 호흡과 안에서 마신 물이
한꺼번에 들이닥칠 때

눈을 감고 두 팔을 휘휘 저으면
해변의 플라밍고들
거꾸로 된 물음표처럼 서 있고

눈을 뜨면 초보 오리들은
어둡고 둥글게 휘어진 수경 안의 세계로
한 발씩 전진하고 있네요

철새와 엽총

오늘은 나의 이란인 친구와
나란히 앉아 할랄푸드를 먹는다

그녀는 히잡을 두르고 있고
나는 반바지 위에 긴 치마를 입고
우리는 함께 앉아서 텔레비전을 본다

암사자는 물어 죽인 영양을 먹다가
뱃속의 죽은 새끼를 보자
새끼를 옮겨 풀과 흙을 덮어주고 있다

마치 생각이 있다는 듯
생각이 있다는 건

총 밖으로 새가 날아오른다는 건

오늘 친구와 나는 나란히 앉아 피를 흘리고
우리는 가슴이 있어서 여자라 불린다

마치 생각이 없다는 것처럼
그녀는 검은 히잡을 두르고 있고

철새를 사냥하듯이 총을 들고 숲을 뒤졌다고 했다

그녀의 친구가 옆집 남자와 웃으며 대화했다는 이유로

흑백사진 속에선 무엇이든
흰 눈밭의 검은 얼룩처럼 보이고

흰 얼룩도 긴 적막도
발사된 뒤엔 모두 사라지는 소리지만

그녀의 히잡은 검고
내 치마는 희고

우리는 나란히 앉아
이 세계에 허락된 음식을 먹는다

우리는 나뭇가지로 딱총을 만들어
나뭇잎들을 맞히기 시작하는데

떨어지는 나뭇잎은 날아오르는 새들 같고
우리는 생각 없이 웃는다

그녀가 작은 목소리로 노래를 부르기 시작하면
내 발바닥엔 글씨가 적히기 시작한다*

—

* 이란에서는 여성이 공공장소에서 노래하는 것을 법으로 금지하고 있다.

—

우리는, 하지

바깥의 비 오는 양철 지붕 위에서 떨고 있는 고양이, 하지
에 대한 생각을

지붕을 두드리는 빗물의 리듬과
계단을 올라오는 집주인 아들의 발소리와,

우리는 하지, 돌이켜 하지
자세를 바꿔서, 뒷면부터 다시 시작되는 카세트테이프
처럼
우리는 영원히, 하지

어느덧 숙녀 티가 나기 시작한 하지는
반대가 되어서 하는 우리를 지켜보는 고양이

하면서도 우리는, 하지
세탁기 안에 엉켜 있는 팔이 긴 빨래들과
어젯밤의 소란으로부터 돌아오지 않는 옆집 여자에 대한
생각을

하지는 하지
쌀알같이 눈 내린 해변의 고양이

이제는 제법 숙녀 티가 나는 하지를 손에 들고

우리는, 하지
물이 똑똑 새기 시작한 부엌의 천장과
밀크티가 되어가는 가루가 담긴 컵과
흐르는 빗물의 리듬에 뒤섞여

해변에 쌀알같이 눈 내린 고양이,
하지에 대한 생각을

이미 시작된 영화

영화를 뒤로 감았을 때
자전거는 뒤로 가는 묘기를 부리고 있었지만

인생은 뒤로 감을 수 없는 영화

찰랑거리는 물 밖으로 접시가 미끄러질 때
나는 털이 자라는 기분

약간 기울어진 채로 바라보는 수요일엔
공휴일의 각도와 접시의 마음을 이해하지

눈을 감고 걸어도 암흑과 지팡이의 세계를
이해할 수 있는 건 아니지만

기울어진 채로 걸어가는 이 길은 흔들리고
나는 이렇게 이마에 멍이 드는 시간이 좋아

돈다는 건 앞도 뒤도 없지
빨래방의 세탁기들은 한꺼번에 힘차게 돌며 세계를 흔
들지
이렇게 멍든 이마와 무릎이 뒤섞이는 시간이 좋아

너는 뭘 하고 있어?

나는 방어 배를 가르고 누워 있어

우리의 시간을 감았다 풀었다 한다면
우린 벨크로 테이프처럼 여러 번 붙었다 떨어지겠지

뒤로 감은 영화 속에서
인생이 뭔가요? 질문하던 학생은
쪼글쪼글한 아기가 되다 목숨이 깨끗해진다

태어나지 말았어야 했어, 그런 대사를 내뱉는 사람이라면
뒤로 감아도 앞으로 감아도 영화는 하나여서

뒤로 감은 영화처럼 뒤로 걸을 때
횡단보도에서 차들은 무섭게 경적을 울리고
허공에 흩날리는 백지수표 여러 장의 기분으로

눈을 감고 차도를 향해 다리를 옮기는 내가
정말로 눈을 감고 있을까? 나는 아직 눈을 감고 걷고 있지

뒤로 감기 직전이라면
이런 저녁이 영원히 지속될 것 같은 기분이야

사건과 갈등

갈등이라는 게 뭐지, 소설을 쓰는 네가.
그러자 갈등이 생기는 기분.

맞은편 건물이 몇 층까지 올라가는지 못 보고 회사가 망
할 때
그것이 갈등인가.
임종을 못 보고 깔깔대며 육개장을 먹을 때
그것은 갈등이 아닌가.

소설을 쓰는 네가 소설을 못 쓴다고 울고
나는 남 일인 것처럼 차를 마신다,

그러다 눈이 내렸고
눈이다, 그 소리에 강아지가 벌떡 일어났고

내리는 눈을 보고서 너는

임종이 우리의 가까이에 있다
소설에 그렇게 썼다

아무도 죽지 않았는데
네 소설 속에서 흰 천이 흔들리고 임종이 생기고
그보다 더 오랜 시간이 지나서 주인공은

새로 지어지는 맞은편 건물을 덮은 파란 천을 바라보며
흰 천이 흔들리고 임종을 바라보았던 순간을 기억할 것이다

　그런 순간에 우리는
　갈등이란 아름답구나,
　갈등의 아름다움을 체험하게 되고

　창밖에 눈이 그친다
　흰 천이 바람에 흔들린다
　이렇게 내내 서 있어도 될까

　이렇게 오래 사람인 척해도 될까

　우리는 계속 사람인 척한다.
　너는 소설을 쓴다.

아무 해도 끼치지 않는 펭귄

미래의 여자들은 강하다

밝고 따뜻한 조명 아래서
왜 그런 생각에 사로잡혔는지 몰라

너희 아버진 독일 여행중에
펭귄의 화석 뼈를 관찰하는 사람을 만난 적이 있다지

육천만 년 전엔
펭귄의 키가 177센티미터, 몸무게는 100킬로그램이었다지

사람만큼 크고 사람보다 힘센
펭귄이 두 팔을 휘두르며 걷는 것을 상상한다

로랑생의 전시를 보고 나온 뒤에
멋진 옷을 입은 마네킹들을 지나쳐

미래의 여자들은 강하다
왜 그런 생각에 사로잡혔는지 몰라

언젠가 네가 화를 내며 식탁을 쾅 치자
식탁 위의 모든 사물이 흔들렸지

나는 네 손 아래서 부서진 과자를 모아
책상 위에 작은 천사를 그렸다

화내지 말라고 작은 목소리로 중얼거린다면
너는 그게 안 들리는 소리라고 하겠지

그러나 나는 하나의 귀로도
아무도 듣지 못하는 소리를 들어왔다

그건 가끔 나의 비밀이었어

세상 사람들의 귀를 모아 전시한다면
그건 참 이상한 박물관일 거야

거기에 대고 하나의 말을 던진다면

미래의 여자들은 강하다,

밝은 조명 아래서 빛나고 좋아 보이는 옷을 골랐지
막상 걸친다면 금세 초라해지더라도

귀퉁이만 남으면 그것은 귀라고 믿으면서

아무 해도 끼치지 않는 암소

파티에 초대된 여러분
모두 모이세요, 나는 말했구요,

맛있겠다, 보자마자 소리친 것은 당신이었어요.
그림같이 멋진 암소 한 마리가 우리집에 있었는데요,

칼을 들고 설친 것은 당신이었구요,
뒤에서 프라이팬으로 후려친 건 나였는데요,
암소는 영문을 모르겠다는 듯 방귀를 뀌며 나를 보고 있
었는데요.

맛있겠지, 낄낄댄 것은 당신 친구들이었구요,
소파에 앉아 나체의 여자 사진을 여기저기 자랑하고 있
었는데요,

커다란 샹들리에가 흔들린 것도, 암소가 뛰기 시작한 것도
나의 탓이 아니었는데요,

아주 멋진 정원에서의 식사,
암소를 구운 스테이크와 와인을 곁들인 한 끼, 그리고 여
자들과의 하룻밤을 기대하고 왔다면,
그렇다면 아주 잘못된 생각이었을 텐데요,

모두 축 늘어져 있는 걸 보니
파티의 주최자로서 죄책감을 느꼈어요.

그러나 암소는 아주 윤기나게 멋지고,
또 파티가 끝날 때까지 시간은 아직 많이 남아 있었는데요.

샹들리에 몇 개는 계속 흔들리고 있었는데요,
건물의 어디선가 피가 흐르기 시작했는데요.

터미널에 대한 생각

터미널은 눈이 없고 귀가 없고
하지만 터미널은 거대해

여길 떠나야지
떠나서 절대 돌아오지 말아야지
때로는 그런 마음으로 주먹을 쥐는, 그러나
곧 다시 되돌아오는 사람이 대부분일
터미널 한구석에서

한 여자는 목걸이와 귀걸이를 팔지
먹을 수도 없고, 녹슬어버릴 것을
남편은 수 년 전에 세상을 떠났지
보험금으로 여기 한 칸을 마련한 거야

이게 진짜라는 듯이 여기가 전부라는 듯이
목걸이가 반짝거리고
인생이 아름답다고 믿을까 그렇다면 아름답지

춘천행 표를 끊을 때 춘천은 여기서부터 시작되지만
로마 여행이 꿈이랍니다 여기서 로마는 멀고
꿈을 꾼다는 건 끔찍한 일이란 듯이
눈을 번쩍 뜨며 낮잠에서 깬다

아까부터 말이 없는 노인은 몇 시간째
같은 자세로 앉아 있네
어제까지 오던 청년이 오늘은 찾아오지 않아
인생을 사는 자들은 인생에 대해 떠들지 않아
터미널에서 일하는 자들은 터미널을 떠나지 못하지

저 사람은 신이 분명해 아주 허름하게 입은 사람
양손 무겁게 짐을 든 사람도 있다

책을 만든다는 딸이 가끔 보내오는 책이
읽히지 않고 가게 한쪽에 쌓이네
좋은 로마의 휴일 서체가 새겨진
마젠타와 사이안이 적절한 농도로 휘감긴
몇 번 들어 귀에 박힌 말들의,
팔리지 않는 브로치들과 함께

여기서 로마는 갈 수 없지만
여자는 매일 터미널에 오고 목걸이를 판다
돌아오지 않을 것처럼 떠나는 사람들을 바라보며
그래도 가끔 마젠타, 꼭 미국 사람 이름처럼 중얼거려보지

옆집 사람

볼 수 없는 곳에서. 흥얼거리네. 당신은 뜨거운 수증기에 가깝고, 아주 델 듯하지.

나는 울고 있는 주전자 위에서 춤추는 먼지처럼 한없이 밥을 먹네.

당신은 엉덩이와 젖꼭지에 대한 세부적인 취향을 가졌고, 나는 보다 고전적인 영화를 좋아하지만

어제와 똑같은 새가 전선 위로 날아와 앉을 때, 봉투 안에 소주병을 흔들거리며 걷는 이가 당신이거나 나이거나,

옥상에 널어둔 옷에서 떨어져나온 단추가 당신의 것이거나 나의 것이거나,

노래를 틀리게 부른다면 그것은 어미를 일찍 잃은 새. 벽을 타고 들려올 때 우리는 서로 그것을 알 수 있네.

모욕을 준 사람에게 정중하게 대하면 부끄러워지는 법이어서. 오늘도 충분히 다정하고 정중하였다.

4층과 3층 사이의 사람으로서. 304호를 두 번 나눈 집의 사람으로서. 본질적으로 당신과 나는 같은 집에 사네.

어느 날 나의 베개에서 당신의 머리카락이, 당신의 입술로부터 나의 립스틱이 묻어나온다면.

층과 층 사이의 난간을 붙잡고 있는 사람으로서. 우리는 함께 굴러떨어지고 있는 단추를 바라보네.

세계과자 할인점

흐린 날의 바닷가에서는 수영이 금지다
바가지 씌우는 상인도 없고
할일 없는 사람들만 시시한 바다로 모이지

볼품없는 남자에게 어느 여자가 가슴을 줄까,
하지만 나는 그런 남자만을 사랑했네

꿈에서 만난 라라 아줌마는
할일도 많고 하고 싶은 일도 많지
아침엔 마당을 정리하고 저녁엔 상을 차리는
가족의 옷 재봉이 기쁨이자 취미인
그를 금세 따르기 시작한 내가
꼬리를 세게 휘두르는 개가 되어 눈을 떴을 때

이곳의 파도 소리는
귓가에 부드럽게 말리고 있었지

새로운 엄마를 갖고 싶지
동시다발적으로 태어나지

세계과자 할인점에서 산
부드럽게 부서지는 과자를 씹으며
기억나지 않아도 좋을 이야기들만 했지

절반은 커튼, 절반은 창문

들판에 누워 사랑을 나누는 우리를 우리가 내려다보면
　그건 삼각형 모양도 사각형 모양도 아닌 이상한 사람들
모양이겠지

　기차가 지나갈 때마다 여러 개의 방이 생기는 것 같아
　방마다 한 사람씩 사랑을 하고 있는 것 같아

　안겨 있다는 것이 매달려 있다는 감각으로 변할 때까지

　검은 머리 구름
　검은 구름 하늘

　누워서 바라본 네 얼굴은 흔들리고
　요란한 소리로 헬리콥터가 지나갈 때
　네 입술이 물음표 모양으로 끝나 있어서

　해독할 수 없는 암호로 입김이 서리는
　절반은 창문, 절반은 커튼이 된 기분이라고

　해변에서 주운 것들을 싣고 가는 트럭은
　한쪽 헤드라이트 불빛을 길에 흘리고 간다

　우리는 찢어진 스커트처럼 난해하게 서로를 감싼 채

절반은 해변의 반대편에 남겨진 채로

스티로폼 상자에 두 발을 넣어본 기억
냉동 청어에서는 붉은 눈알 맛이 난다

하늘은 눈을 가린 나의 두 팔을 와이퍼로 지우고 있다

안젤름 키퍼와 걷는 밤

안젤름 키퍼의 전시를 보고 돌아온 밤에
어쩌다보니 그가 내 꿈속을 따라와 걷고 있었고
그것은 자정만 되면 과거로 돌아가는
영화를 보고 잠들어서인지도 모른다

그는 아무데서나 나치 경례를 해서
나를 난처하게 만들고
나는 그와 함께 서울의 거리를 걸었다

유리는 풍경을 투명하게 반사해내고
동아일보, 일민미술관, 실시간 뉴스가 보도되는 밤의 전
광판을 지나쳐

우리는 별이 쏟아지는 바닥에 누워 하늘을 보았다*
우리가 누운 광장에서는 많은 일들이 있었다

지난 휴가 이야기를 하면서
물에 빠져 죽을 뻔했어,
장난처럼 말을 나누다 조금 놀라기도 했었다

한쪽에서 전을 부치고 한쪽에서 단식투쟁 하는
여름이었다 땀도 무척 많이 났고
생각도 많았지만 거리를 지나쳐온 여름이었다

어쩐지 떠오르는 것들이 있었지만
그와 나는 웃지도 않았고 울지도 않았다

우리는 누워서 하늘에 떠 있는 삼백사 개의 별을 셌다
아직 돌아오지 못한 사람들과
계속 셀 수 없이 많은 일들을 떠올렸다

* 안젤름 키퍼, 〈알려진 밤의 질서〉.

2부

이곳의 이웃들은 밤잠이 없는 것 같아

호텔, 캘리포니아

호텔 캘리포니아로 오세요
좋은 말을 하러 이곳에 오지만
원하는 것은 지구에 없다는 듯이
바닥을 구르며 울어 부모를
난처하게 만드는 아이도 있고
좋은 말을 구하려 성경을 끼고 걷다가
떨어뜨린 묵주를 밟고 가는 개도 있구요

캘리포니아 호텔로 오세요
애인과 왔던 곳을 부인과 또 와서
능숙하게 기쁨을 주는 사람도 있고
이곳의 가장 싼 방은
오래전 피란민들의 판자촌이었던
다닥다닥 붙은 집들을 보여주지만
커튼으로 가리면 제법 안락한 피신처이고
비싼 방은 그럴듯한 해변과 공원을 보여주지요

조각공원에서 사람을 밀어
진짜 조각을 낸 사람도 있고
정치와 공작은 한끗 차이니까요

이곳에 쉬러 오는 사람에게
좋은 시간을 제공하고 싶어요

왔던 사람을 또 오게 만드는 건 해변의 힘이고
걷고 있는 사람들을 유사하게 만드는 건
관광지의 힘이죠
비슷한 군중이 되어 걷고 있지만
당신은 돌아가지 않기 위해 이곳에 온 사람이고
수중의 돈을 망설임 없이 써버리는 것에서
그걸 알 수 있지요
눈빛은 닮은 법이니까요

좋은 기분을 선사하고 싶어요
관광지의 해변은 반복적이지요
떠도는 유령으로서
돌아오게 만드는 것은 파도의 힘이고
우리는 자주 만나게 될 것임을 예감하지요
이 아름다운 해변을 걷고 있으면
어느새 죽었다는 것도 잊게 만드는 것은
시간의 힘이니까요

빵과 장미 1

부드러운 빵을 먹을 땐
나도 한 겹 녹아내리는 것 같다
빵의 내부에 있는 작은 문과 그 안의 작은 문을
차례로 열고 들어가 조각나는 기분

빵이 녹아갈 때마다
나에겐 커피가 필요하고
오늘밤 잠들지 않는 묘약이 필요하네

밤이란 음담패설을 늘어놓기에 좋은 시간이지,
어깨를 주무른 뒤에 웃어넘기기에도,

배가 불러온 사람들이 하나둘 사라진 자리에
아직 그렇지 않은 사람으로서 작은 창문을 지키네

건너편 창문에 선 당신은 붉은 입술의 중요성과
복장 단정의 이중주를 듣고 있지

나는 상급자를 바꾸라는 전화와
꺾어지는 나이라는 농담 사이를 위태롭게 걸어가지

합창은 절규와 비슷한 면이 있고
어쩌면 그 반대인지도 모르지

한 손에 빵을, 다른 한 손에 장미를 쥐고 걸어갈 때
부드러운 빵에선 단맛이 난다네, 가시에 피가 도는 것처럼
어지럽네

창문 아래 선 누군가는 한 손에 서류가방을 들고
다른 한 손으로 칭얼대는 아이를 달래며
높고 가볍게 허밍하지

부드러운 노래는 천천히 녹아가는 식빵의 느낌과
장미 잎의 어두운 뒷면을 닮았지

우리에겐 빵이 필요해, 하지만 장미도 필요해*
입을 여는 사람들이 점점 늘어나
하나의 덩어리를 이룰 때

목소리는 도시의 불빛을 따라
달콤한 잼들이 놓인 찬장을 향하여
유리와도 같이 투명하게 흘러 올라가지

* 1912년 로렌스 섬유공장 파업 당시 여성 노동자들의 구호, "우리는
빵을 원한다. 또한 장미도".

안과 밖

바퀴 안으로 둥글게 말리는 바깥을 안고 달리는 동안
온몸에 하늘이 조금 휘감기는 것 같고
안과 밖이 구분되지 않는 순간이면,

밤에만 마주치는 여자에 대해 많은 생각을 할 수 있지
팔뚝에 일본어로 사시미,라고 새긴 우락부락한 남자라
든가
잡아먹을 듯이 입술을 훔치는 연인들이라든가

이곳의 이웃들은 밤잠이 없는 것 같아
밤중에도 비명에 가까운 웃음소리나 꿈에 가까운 중얼거
림이 들려오지
골목은 미로와도 같아서 어둠 속에서는 언제나 미아의 감
정을 느끼네

개를 데리고 다니는 여인*을 따라 이 도시는 넓어진다
나는 자전거를 꺾어 달리기 시작했는데
어느새 나도 모르는 길로 접어들기 시작했네
어제까지 식료품을 사고 자전거 페달을 굴리던 길에서
여긴 정말 처음 보는 멋진 곳이야

타로카드 점을 보는 아줌마가 미래의 신비한 일들을 펼
쳐놓는다,

프랑스산 싸구려 와인은 오늘의 자랑할 만한 기쁨이고
고독한 안주는 얼굴을 붉게 바꾼다

산책하는 여인과 남자가 괴팍하고 놀라운 감정에 빠져드
는 동안
밤에만 마주치는 여자가 택시에서 내려 어느 날 돌아오
지 않는다면
그 여자를 기억하는 건 누구겠니,
매일 저녁 굽 높은 구두를 신는다는 것뿐

건물마다 편의점은 하나씩 있고 유행하는 과자는 돌림노
래처럼 새로운 공간을 차지하기 마련이다
고독과 자유와 익명의 도시에서 한 사람이 사라지네
누군가 떠나면 누군가 돌아오는 도시의 불빛처럼

* 안톤 파블로비치 체호프.

카프리 섬

카프카 섬에는 지지부진하게 꿈을 꾸는 사람이 한 명, 문을 지키는 사람이 한 명, 부삽을 들고 욕지거리하며 추위에 떠는 사람이 또 한 명 있다네.

카프리 섬 숙소에 누워 우린 그런 섬을 만들었네. 십여 년전 책을 훔치다 만난 우리는 어른스러운 비밀 같은 건 잊어버렸네. 복도는 무질서하게 뛰다가 넘어지는 바보들을 위한 공간이지.

천사들은 잠을 자지 않는대. 바보들은 꿈을 꾸지 않고. 눈 감으면 천사와 바보들이 동시에 걸어가는 밤, 돌아누운 너의 등은 차갑고

나는 계단을 내려가듯이 또 많은 꿈을 꾸지. 천사들은 옷을 입지 않는대. 바보들은 잠을 자지 않고. 바보 같은, 천사 같은, 그러나 꿈을 꾸는 우리들은……

자주 눈을 감지. 그건 훔쳐가도 모른 척한다는 뜻이지. 괘종시계가 치기를 기다려 나의 가슴을 만지는 너는 누구인가. 은밀하게 훔친 가슴에 불을 켜는 것은,

거실에서 할아버지는 자주 눈을 감지. 시계가 느려질 땐 수명이 거의 다 되었다는 뜻이지. 흔들의자는 앞뒤로 끄덕

이지. <u>끄덕끄덕</u>할 땐 거의 알았다는 뜻이지.

　인생에 숨겨진 비밀 같은 건 없다. 아직도 모르는 우리들
은, 아니, 아니, 고개를 흔들며 카프카 섬의 텅 빈 언덕으
로 달려가지.

빵과 장미 2

한 사람은 도박꾼이고
한 사람은 호색꾼이고
두 사람을 피해서 달아나는 밤,

그래도 가족을 사랑해야지,
엄마는 모른 척했고 할머니는 기도를 했고
할아버지는 중병이 들어 네 얼굴도 못 알아보네
너는 두 발이 검게 변하도록 달리는 밤

한 손엔 빵을 들고 다른 손엔 권총을 들고
검은 개를 안은 채 잠을 청하는데

옆방엔 도박꾼이 있고
앞방엔 호색꾼이 있고

한 손엔 장미를 들고 다른 손엔 권총을 들고
밤새도록 노래를 흥얼거리는 밤

왼손의 식빵은 조금씩 마르고
오른손의 장미 잎은 천천히 어두워지고

이가 딱딱 부딪히는 소리에
달콤한 잼들이 놓인 찬장이 흔들리는 밤

도박꾼은 기분좋게 취해 주먹을 쥐고
호색꾼은 문밖에서 휘파람을 부는데

입술은 마르고 가슴은 뾰족해지고

노랫소리는 마룻바닥을 타고 흐르고
회개 기도하는 목소리가 창문으로 넘어오는 밤

핀란드의 숲

핀란드의 나무숲은 울창하고
헬싱키의 부모들은 행복해

엔지니어는 기계적으로 다정해

상상 속의 핀란드
상상이라 아름다운 핀란드

스키 타는 소리만 나는 자작나무숲에서
불을 내고 가만히 앉아서
저물어가는 하늘을 본다

호수 위의 트랙을 돌지
이곳의 호수는 익사자들과 무관하지

한 반에 여덟 명
백야가 긴 춥고 행복한 나라

흰 피부의 네게선 얼어붙은 빙하 냄새가 나지
낚시꾼들의 뺨에선 희미한 피냄새가 나지

상상 속의 핀란드
상상 밖의 핀란드

친절한 호수나무의 나라

나는 밤에

— 무서울 게 없어져. 손목을 그어봤어? 낄낄대는 학생들과, 누가 볼까 조바심 많은 연인이 골목으로 오지. 수십 개의 시시티브이를 지나, 와이파이를 지나,

무신경한 전봇대로서, 나는 그들의 정보를 운반한다네. 메신저로 나눈 것은 서로의 아름다운 마음뿐만이 아니네. 유출된 영상을 보았을 때 여자는 헉 하고 숨을 들이마셨다.

그가 오랫동안 잠들지 못했다는 것은 공공연한 소문. 처벌이 솜보다 가벼웠다는 것은 모두가 아는 사실. 그가 적은 길고 긴 고발의 편지는 춤을 추듯

강물에 유실되었다는 건 한여름 밤의 꿈 같은 이야기지. 높이 눈 달린 전봇대로서, 어느 새벽에 기습적인 철거로 담벼락이 부서져 깔릴 뻔한 사람도 보았다.

법의 심판을 받는 것은 그이지 내가 아냐. 담벼락을 민 사람은 가볍게 비웃었다. 골목의 햇빛은 오전에 한 번, 오후에 한 번 부드럽게 빛난다.

법의 이름으로 골목은 깨끗해지고 새 건물이 들어섰다. 밤이 되면 산 사람을 보러 죽은 사람들은 끝도 없이 몰려왔어요.

—

오늘 우리의 식탁이 멈춘다면

자전거를 타고 미끄러질 때
운동장이 기울어져 있다는 걸 알게 되지

한쪽 눈을 감고 타도 좋아
기울어진 세계를 살아가기 위한 규칙

그러나 오늘은 우리의 식탁을 멈추고서
부드러운 날씨로 상을 차리겠네

유치원의 문을 닫고서
푹신한 구름으로 운동장을 만들겠네

계산원이 없다면 마트는
항의와 전화로 창문에 조금씩 금이 가겠지

아무도 간호하지 않는다면 아이를 보지 않는다면
공장으로 출근하지 않는다면

여성들이 일을 멈춘다면*
세상의 절반으로만 눈이 내리겠지

세상에 의자가 없다면
모두가 엉거주춤 서 있는 우스꽝스러움

신발을 만드는 사람이 사라진다면
맨발로 길을 걸어가는 슬픔

세상의 절반이 멈춘다면
신호등은
한쪽 눈으로만 세상을 보겠지

기울어진 운동장에 서서
녹슨 철봉에 귀를 대고 있으면

구름과 함께 천둥이 몰려오는 소리
운동장을 가로질러 아이들이 뛰어오는 소리

뒤돌아보면
마트에서 유치원에서 병원에서
엉거주춤 서서 일하는 사람들이 보이지

눈을 감으면
운동장 위로 비스듬히 쌓아올린 의자들

발로 차면 그 의자들 굴러떨어지는 소리

눈을 뜨면 기울어진 얼굴 위로
고독한 맨발 같은 눈이 내리지

* 아이슬란드 여성 총파업의 날.

광장과 생각

생각은 뻗어나가고 어디로나
연결된다는 건 골목의 좋은 점

편의점에서 우체국으로
카페에서 게이 바로
드나드는 우리에게
셔츠와 바람은 몹시 헐렁하지

모자와 함께 생각이 날아갈 것 같아
그렇지만 나는 생각을 정돈하지 않으려고 해

당신의 바람 속에서 나는
좋은 여자, 좋은 아내를 연기하겠지만

생각에는 언제나 허점이 있고
칼은 누운 물고기의 숨을 노리지

이 골목은 옛날엔 궁터였고
앞으론 넓어져 광장이 될 거래

광장에 모인 사람들은
좋은 것이 좋다고 말하기 위해 싸우지

좋은 게 좋은 거야, 라고 말하는 사람들에게
침묵을 선물하기 위해

광장 바깥으로 독재자를 위한 피켓을 든
동성애 반대, 낙태 금지, 십자가를 든
사람들이 지나가고

우리는 잠깐 수많은 인파 속에서
윙크하며 지나가는 신을 본 것 같아,

하늘은 보랏빛으로 물들기 시작하고
그 신이 인간에게 중얼거리는 입모양을 보았다면
무슨 말을 했을까 각자 상상하지

집에 돌아와 물을 튼 뒤에
김이 서리기 시작한다면
발끝부터 조금씩 외로워지겠지만

우리는 언제라도 거울 속에서
자신을 꼭 닮은 신을 하나씩 만들 수 있다

선악과 맛

그 시절의 꿈들이라봤자 어떤 목표라기보다는 그저 감옥살이
가 덧붙여지는 것에 불과했습니다. 노예로 태어난 아이가 주인의
아들이 되기를 꿈꾸는 것처럼, 자신의 첫번째 감옥의 창살을 깨
닫게 되는 순간 말이죠.
—베르나르마리 콜테스, 『목화밭의 고독 속에서』 중에서

대저택에서 일하는 마리는 종일 빨래를 하고 아이를 보는
데도 유독 그 손에서는 쇠냄새가 났다

마리는 함박웃음을 지을 때 잇몸이 예쁘게 드러나는 아이
나는 그 가지런한 이와 선홍빛 잇몸을 부러워했으나
마리는 인생에선 그런 것은 조금도 중요하지 않다고 했다
인생에서 중요한 것이란 도대체 뭘까
생각하고 또 생각해보지만 조금도 짐작할 수 없다

"모과를 고를 때는 덜 익어서 떫거나 너무 익어서 무른 것
은 피하는 것이 좋아"
"벽에 기대면 침대의 삐걱거리는 소리도 맥박 소리처럼
크게 들려온다"
마리가 깨달은 것들,
그런 말을 할 땐 유난히 길어 보이는 속눈썹,

"너 가지렴."
저택의 주인이 준 푸르고 긴 식탁보를 펼치고
마리와 함께 무르기 직전의 모과를 먹던 여름

말라서 우리보다 훨씬 키가 커 보이는 마리와
바람에 흔들리는 포플러나무 잎, 마리의 머리카락,
입속에서 무너지는 모과에서 마리의 향기가 난다

  우리는 바구니에 빨랫감을 가득 든 마리를 볼 때마다 그
쪽을 향해 뛰어갔다
  멀리서 보았을 때 마리는 울고 있었지만 가까워졌을 땐
웃고 있었다

사소한 이유

꿈속에선 이상하지, 사랑을 나누는 데 실패하고 열리지 않는 화장실 문을 열려고 애쓰지 무너진 계단을 오르내리 거나

무너진 가슴을 모래성처럼 두드리지 세탁기 때문에 줄어 든 스웨터 때문에 싸우고 나와 가슴을 두드리는 나날

걸을 때마다 말려올라가는 옷을 잡아 내리며 떨어뜨린 볼 펜을 줍기 위해 애를 쓰지

싸우는 이유는 대개 사소한 이유고 침묵하는 이유는 그럴 듯한 이유지 애 버리고 승진해서 좋기도 하겠다
그 말에 울기 시작했고 당신은 늦게까지 울음을 그치지 않았다

이렇게 많은 인파를 헤치며 사는 이유가 뭔가? 지하철에 서 한 번씩은 질문을 하게 되고,

겨울 지하철에선 패딩 입은 사람들이 꼭 거위들 같지 부 피가 크고 잘 먹히지 않는
다리 좀 붙이고 앉지, 개저씨가, 젊은 사람이 경우가 없군, 앞뒤로 사소한 시비가 붙는다

지나간 사랑에 대해선 할말이 많고 그러나 꿈속에선 꼭 할 ─
말이 없지 당신은 내 앞에서 울지도 않는다 더이상,

　차가운 창문에 입김을 불어 무엇하겠나, 나도 아저씨 같
은 것은 되고 싶지 않았다네, 혼잣말로도 소용없는 것을

비틀린, 베를린,

어제는 그를 화단에 묻었습니다 오늘은 비탈에서 밀었습니다 입을 벌리고 바틀비-구름을 마셔요. 손을 펼치고 바틀비-흙을 만져요.

어제는 당신이 내 머리에서 꽃잎을 떼어냈습니다 오늘은 당신의 목이 회전의자처럼 돌아가 있었습니다.

당신과 나는 이 바틀비-공원의 산책자들, 이 비틀린-우리에 조용히 미쳐가는 사람들. 이 사무실의 적막이 좋아요. 얼굴을 다 태우고 끝까지 연소된 촛불 같은 시간이 좋아요.

어제 그는 오전 내내 벽을 따라 세로로 걸었습니다. 오늘은 교통사고도 나지 않은 사무실 한복판에 누워버렸습니다.

그를 의자에 태워 빙글 돌려요 그 의자 강물에 버려요. 종이와 함께 쌓아올려요 그 종이 분쇄기에 갈아넣어요. 그래도 그는 벽처럼 시계처럼 지우개처럼, 째깍거리는 심장처럼,

하지만 어쩐지 지금은 그가 보이질 않습니다. 에스컬레이터를 빠져나오며 바틀비⋯⋯비가 내릴 때,

이 공원의 산책자들 쏟아져 걸어요. 그를 모자처럼 쓰고

지팡이처럼 짚고 비틀린-베를린 저녁 가로등을 등에 지고 ¯
걸어요.

기관 없는 신체

벽에 걸린 옷은
　　　　　　　나의 형상을 하고 있다
　　　　　신발은
　나 없이 잘 걷는다

　　　　　　　　책상과 시계, 가죽 장갑,
　　　　안경과 성냥은
잘 불탈 것이다

　　　자동이체가 끝날 때까지
　　　　　　　　이 광경은
　　　지속될 것이다

　　정기구독중인
　　　어려운
　　　　　　　　믿을 수 없이 다양한
　　　지배적인
　　　　　정서
　　　가라앉는
　　　　　　　　물고기
　　　사람을 흘겨보는
　　　가변적인
기분

엔딩이 없는

　　　　　　영화

미술관에서 잠든

관객

　　　　　　머리 잘린

　　새

　　병원과 법원에서

태어나고

　　관리되다

　　　　　　죽는

사람들 위로

　　내리는

밤의 영화관

밤에 탄천을 걷고 있는 사람들은 자기 마음속을 걷는 것처럼 보이는구나. 앞뒤로 손, 뼉을 치며 경보하는 사람들 틈에서 성형외과 의사 아내로서 당신은 고독하다.

경기가 예전 같지 않아, 이럴 때 사람들은 장바구니에서 필요 없는 목록부터 뺀다고. 당신, 애들이 새파랗게 어린 건 생각도 안 하지?

이름을 바꾸어 개업하는 의사의 아내로서 당신은 불안하다. 그는 가슴을 열고서 닫지 못한 적이 있다. 칼을 드는 건 내 적성이 아닌 것 같아. 적성으로 먹고사는 사람이 세상에 몇이나 있다고?

무언가 잘못되었다는 생각으로 의사의 시계가 똑딱똑딱 흐르기 시작하는데, 의사의 아내로서 당신은 탄천의 불빛으로 상념에 잠긴다. 가슴이 비뚤어지고 코가 내려앉은 사람의 마음은 안중에도 없이,

어느 날 앞서 걷던 여고생이 강물로 뛰어든 적이 있다, 무언가 반짝이는 게 있어서 그랬어요, 얕은 물에서 이마를 문지르며 일어섰는데, 반짝이는 것이란 쉽게

사람의 마음을 끌지, 동전같이, 사기꾼같이, 탄천은 반짝

이는 것을 품고서 한강을 향해 유유히 흐르고 밤의 탄천에
선 각자 상영되는 영화 속을 걷고 있구나. 의사의 아내인 당
신은 걷다가 깊은 밤과 깊은 고독에 한 발 빠지는 것이다.

빈집의 미래

빈집을 털러 왔다가 빈집과 함께 빈집이 되어 빈집의 윤곽을 완성하였습니다.

다다미 깔린 목조 주택의 이불장 안에서 깊이 잠들었다가 깨었습니다.
문신보다 완벽한 다다미 자국을 팔뚝에 가졌습니다.

이곳의 귀신도 머리가 깁니다. 미소가 부드럽습니다.
노천탕에 살던 물귀신은 주변을 흐리게 합니다. 텔레비전 수신기에 붙은 귀신은 아는 것이 많습니다.

어느 날 나는 여기 온 이유를 잊었습니다. 내가 훔치려던 것이 무엇이었을까, 사람이었을까 경찰관, 아니면 단지 시간이 흐르기를……

나는 몹시 시간을 낭비했습니다. 팔이 길어져서 수평선이 될 때까지 공을 던졌습니다.
공이 돌아와 두 눈두덩이를 맞힐 때까지 두 눈을 감아도 좋았습니다.

빈집의 노래들은 차츰 늘어나고 빈집의 귀신들도 늘어나고 아침부터 밤까지 빈집의 역사를 새로 써도 좋았습니다.

시간을 훔치고 더욱 훔쳐서, 더욱 빈집이 될 것이다, 그것
이 빈집의 미래.

　빈집은 무너지기 전까지만 빈집입니다. 먼 곳에서 하나
의 불빛이, 단 하나의 텔레비전이 켜지고 식탁이 보입니다.

　다다미 깔린 목조 주택의 이불장을 열면
　백 년 뒤의 세상이 그곳에 있습니다.

서핑

날씨가 좋아서 우리는 멀리까지 가기로 했다

발밑에 부드럽게 밀려오는 페이지를 보고 있다

바다 저편에서 파도를 만드는 사람이 있다

누가 슬프거나 기쁘거나, 결국 잘되었다는 이야기까지

이야기를 먹어치우는 사람이 있다

이곳이 인공풀이라는 것을 모르는 사람이 있다

우리는 부드럽게 젖어 떠내려간다

다음 페이지, 밀려오는 또 그다음 페이지까지

3부

코를 고는 사람은 코만 남은 것처럼

블루스의 리듬

높이 던진 공이 잠시 멈추었다
빠르게 낙하하는 리듬으로
우리는 블루스의 리듬을 그런 식으로 배웠지

누군가와 만나고 헤어질 때
붕, 떠오르는 감각보다는
잠시 멈춘 뒷모습만이 기억나는

블루스의 춤곡, 춤곡의 리듬
음악으로 위로받을 수 있는 건 자기 자신뿐
하지만 그러지 않기 위하여 밤을 새던
우리의 기쁘던 나날을 기억하는지

"너 자신보다 나를 더 사랑해줘"
함정에 빠지기 일쑤였으므로
음악은 불길하고 아름다운 것이었다

물류센터에서 일하고 돌아와
어젯밤의 노래를 다시 만지는,
그러나 대부분은 실패를 거듭하는 생활

너는 어둠 속에 앉아 스노볼을 흔드네
슬픔도, 회한도 아닌 그 무엇이 섞여 내리네

저녁도, 새벽도 아닌 어슴푸레한 빛 속에서

블루스의 리듬 같은 건 잊어버리네
물속인 걸 모르는 물고기처럼

매일 저녁 블루스 카페에 모이는 우리는
더이상 생각 같은 건 하지 않기 위해서라네
블루스의 리듬엔 무엇이든 감출 수 있어

데뷔를 못한 가수도, 데뷔했으나
그저 그런 노래만 쓰는 가수도
여기선 모두 적당한 리듬에 젖는 손님들일 뿐

높이 던진 공이 공중에 멈추었다
떨어지는 리듬으로,
그러나 돌아오지 않는 것은 때때로
영영 돌아오지 않는다네

엇박자, 실패한 리듬으로 뒤돌아보며
헤어지는 연인이나
몰래 개를 두고 가는 사람을 보면 그런 생각이 든다네

종이에 썼던 편지도, 가사도

이사할 땐 처치 곤란의 추억들일 뿐
그러나 스노볼 속에선
한낱 조각난 종이도 하염없이 바라보게 되지

흔들리며 명확해지는 풍경이 있어
흔들리는 마음의 풍경을 너는 쓴다네

파랗지도, 우울하지도 않은
어쨌거나 블루스의 리듬으로

나의 사랑, 나의 아내 린다

일요일이었지 해변에서였지
오래 걸었고 나는 지쳐 있었지
쓰레기통 위에 앉아 한 남자가 바다를 보고 있었어
핑크색 발레복을 입은 채로

나의 사랑, 나의 아내 린다를 웃게 할 수 있다면*
그 뒷모습은 어딘지 모르게 쓸쓸해 보여서

나는 몇 년 전, 18세기 왕궁의 오페라를 훔쳐 듣고 있었
다고 말해주었다
그 목소리는 너무나 아름다워서
따뜻한 강물에 둥둥 떠내려가는 느낌이었는데
눈을 떴을 땐 머리 위로 늙은 개가 오줌을 싸고 있었다고
그는 발레복이 젖혀지도록 웃어젖혔어

그는 지하철에서, 눈밭에서, 횡단보도에 누워서
링컨하우스의 동상 앞에서, 두 손을 펼치고,
공중에 뛰어서, 벽에 매달리고,
바다 앞에서 점프하고,
강물에서 오리들과 함께 있었다고 했어
덥수룩한 머리에 핑크색 발레복을 입고

그는 어쩐지 혼자 남는다는 것에 대해서

사투를 벌이고 있는 것 같았으므로
오리 배들 사이의 진짜 오리처럼 고독해 보였다

나는 한국에서 비행기를 타고, 배를 타고,
파업중인 버스를 기다리다, 다리 위를 걸어서,
작년에 여행하며 만난 사람을 다시 만나러 왔지만
그 사람은 나오지 않았고,
함께 가려던 미술관은 문을 닫았으며
왠지 이 모든 노력이 시시하게 느껴져
여기에 앉아 맥주나 마시고 있으며
숙소에는 다시 끌고 가야 할 내 몸뚱이만한 가방이 있다
고 했지

파도는 쉼없이 몰려왔고
우리는 잠시 말이 없었어

나는 왠지 그가
커다란 풍선 안에 들어간 남자처럼 생각되었고
터지기 직전까지 부풀어오른 풍선 앞에서
누군가 콕콕 작은 바늘을 내고 있는 것 같았지

그가 한 점으로 날아가던
그런 해변이었고

이 이야기를 들려줄 동안 너는 계속 창밖을 바라보고 있지 ─
사랑이 뭘까 하고 넌 질문을 던진 참이었고

그런 건 나도 몰라
하지만 단지 거대하고 고독한 오리들처럼 앉아 있던
그 해변의 파도 소리를 떠올리고 있었지
잘못 인쇄된 한 페이지처럼
지지직거리는 라디오 소리처럼

* 밥 캐리(Bob Carey).

미래의 책

6시에는 역 앞에서, 7시에는 미술관 앞에서
국화빵 파는 아저씨의
반죽이 묻은 빨간 앞치마를 좋아해

8년째 거리에서, 9년째 귀가 먼 채
10년째 비를 맞으며
빵틀에 빵을 찍어내는 냄새를 좋아해

나는 꿈속에서도 교정을 보고
파쇄기와 인쇄기 사이에서 해가 지네

책이라는 것은 어떤 사람이 꾸는 외로운 꿈인지도 몰라
우리의 삶은
신이 잠결에 중얼거리는 오타인지도 몰라

내가 만드는 책 속에서
여자는 부지런히 사막을 걷고 있고
남자는 끊임없이 자신을 미워하고 있네
부부는 집 나간 자식을 집이 무너질 때까지 기다리고 있네

누군가 길을 묻는다면
나는 반대편을 가리키며 미소 짓지
인생이 내게 자주 그러한 것처럼

지구 저편에는 나무를 자르는 사람이 있고
또 그 옆에는 버려진 종이를 주워다 파는 사람이 있지

종이로 공을 만들어 차는 아이들이 있고
그 공 때문에 산산이 조각나는 어느 가난한 집의 창문이
있다

조혼으로 인해 죽는 사람의 수, 를 읽다가
나는 백 년 전쯤에 결혼을 한 적이 있는 것 같아

공작

우린 싸우고 있었는데, 머리를 쥐어뜯을 듯이 싸우고 있었는데, 한 마리의 공작새가 나타나 우리 앞을 지나갔다.

빽빽한 나무숲에서, 피톤치드의 향기를 맡아보세요, 쓰여 있던 곳에서 공작새의 깃털을 만졌다.

우린 싸우고 있었는데, 무엇 때문에 싸우고 있었더라? 능청스럽게 말을 돌리면서, 저기 공작새 좀 봐! 공작새를 둘러싸고 사진을 찍기 시작했다. 머리를 끄덕끄덕 앞으로 뒤로 움직이며 공작새는 앞으로 나아갔다.

한쪽 발을 들고 고개를 갸웃거리며, 정말 인간적인 공작새가 나무숲 뒤에서 또 한 마리 나타났다. 숲이 많아 아주 고적했고, 인간보다 나무가 더욱 많은 곳에서, 깃털은 놀랄 만큼 부드러웠다.

한쪽 발을 들고 고개를 갸웃거리며, 정말 인간적인 공작새가, 우리 앞을 지나가서, 우리는 점차 우리가 인간이라는 사실이 의심스러워져서.

새를 기르는 법

케이지 안에 손을 넣어두십시오. 손을 넣고 구체적인 사건과 감정으로 새를 부르십시오. 새가 좋아하는 간식을 손에 두고 기다리십시오. 간식에서 지나친 감상성을 배제하십시오. 막대기에 올라타기 전에 명령어를 알려주십시오. 명령어는 관념적으로 쓰지 마십시오. 막대기에 익숙해지면 새를 꺼내십시오. 새를 둘러싼 투명한 새장을 산책하도록 하십시오. 구체적으로 새가 되십시오. 새가 되었다는 사실을 잊으십시오. 새의 언어가 아닌 다른 방식의 언어를 구사하십시오. 새가 되기 위해서 꼭 새가 필요하진 않다는 것을 기억하십시오.

가방의 존재

가방을 잃어버리고
어제와는 내가 조금 달라진 느낌이 들어

명함은 비에 젖어 부드럽게 찢어지겠지

간밤의 메모 뭉치는
자동차 바퀴 아래를 구르고 있을 거야

카드사의 전산망에서 사라진 내가

나인지 모르게
버스를 타고 지하철을 타고 국수를 먹는다

집에서 개는 나를 몰라보고 꼬리를 치며
멍멍 짖는다

개집에는 내가 잃어버린 머리끈과 볼펜 뚜껑,
고지서 겉장이 찢어진 채 있다

주워, 네 거잖아

어떤 것들은 사라진 때부터
제 인생을 다시 시작한다고 생각해

작아진 도트무늬 블라우스 가볍게 날아가고
풍선 같은 고무공 같은 꿈을 불어넣어줬던 선생님들도 함
께 가고

이제는 인생의 고전이 되지 못하는
책들에 불이 붙어 날아가고

책상은 어쩐지 내가
모르는 내가 죽은 듯 낯설다

버려진 코카콜라 병을 모두 모아 두드리면
무질서한 음악이 되는 것처럼

수백 개의 썩은 달걀에서 태어난 병아리들이
놀랍게도 부화해 한꺼번에 삐악거리기도 하는*

나라는 가방
지구라는 가방 속으로

무엇이든 던지면
무엇이든 나의 새로운 가구가 된다

* 조지아의 마르네울리시 쓰레기 처리장에서.

이인분의 식탁

　안녕, 도시를 가로질러 유유히 흐르는 강물로부터 한 장
의 떠오르는 셔츠를 보았어.
　작은 사람이 그보다 더 작은 사람을 안고 뛰어든 오후,
　이 세상에선 두 사람만큼의 비명이 사라지고 또 그보다 많
은 것들이 사라졌어.
　이인분의 신발, 이인분의 찬거리, 이인분의 웃음, 그리고
　이인분의 레토르트식품이 전자레인지에서 돌아가다 영원
히 멈췄어.

　실없거나 얼빠진 사람이 아니라면 뒤로 걷거나 땅속으로
꺼지듯이 걷는 사람은 없어,
　그럼에도 인생의 어딘가에서 툭, 하고 구렁텅이나 낭떠러
지로 떨어진 사람들이 있을 테고,
　누군가는 논두렁에 단단히 박힌 장화를 붙들고 엉엉 소리
내어 울고 싶었겠지.

　한 해 동안 1717명이 고독사했고, 그보다 많은 사람들이
고독 속에 살아가는 이 도시에서,
　사기꾼과, 협잡꾼과, 그리고 오늘밤 아무도 모르게 가슴
을 부여잡게 될 한 사람이
　월드컵 채널로 하나가 되고 있어.

　그리고 내가 죽은 사람을 떠올리며 걸어갈 때,

내 모자, 내 발자국, 내 목소리, 그리고 그보다 많은 것들
이 잠시 사라지겠지.
　또다시 내가 나타날 때, 내 발자국과 그의 발자국이 총,
총, 총, 거리엔 찍히고 있겠지.

　어느 날 강물로부터 셔츠는 한 통의 편지처럼 도착했어.
　그리고 누군가는 아직 강물을 떠가는 중이지.
　도착하지 않은 편지는 여전히 어딘가를 여행중이라 믿
고 싶어.
　화폐가 없고, 지식이 없고, 그래서 상스럽고 이상한 나라
를 걷고 있을 너에게,

흐린 날에 나의 침대는

나의 침대는 침대라기에는 낮아
흐린 날엔 관 같고 죽은 날엔 요람 같아

아주 오래 썩지 않도록 처리되어
다른 집을 돌고 돌아서
개와 아이가 어울려 노는 평상이었다가
아픈 사람을 위한 자리가 될 것이다,
침대에 누워 생각했네

노동자와 노숙자 사이는 얼마나 멀까
한낮의 몽상과 영원한 잠의 사이는,

영화를 보기도 하고 영화 같은 꿈을 꾸기도 하는,
나의 침대는 침대라기보다는
누군가 내리쳐 반음 내려간 녹슨 피아노 같아

나는 밤마다 꿈의 계단을 올라갔다가
죽음의 음계에서 내려온다네

아이들의 몽상을 위한 꿈의 지도,
아무 숲이나 헤매도 좋았던 발자국,
낭비해서 좋았던 시간이 잠과 죽음에 뒤섞여 내리네

시간은 우리가 갖고 노는 조약돌이래*
아니, 시간이 우리를 조약돌처럼 가지고 놀지

너무 오래 썩지 않는 것은 조금 이상해
나의 침대는 편백나무 향을 소문처럼 간직한

사랑을 속삭이기엔 비좁고
이렇게 눕기에도 저렇게 눕기에도 모자란, 그러나 쉽사리
굴러떨어지지는 않는

인생; 꿈은 부드럽게 머리를 때리며 내려오는
스티로폼과 알루미늄 같아서

썩지 않고 꿈의 바깥을 무성하게 만드네

* 영화 〈영원과 하루〉 중에서.

스테인드글라스

외따로 떨어진 섬 같은 방에서
몇 겹의 옷을 벗자 더욱 조그만 몸이 나타났고
우리는 조그만 마음끼리 부딪치며 떠내려갔다

리모컨을 찾으려 서랍을 열자 나무 냄새가 났는데
머리를 넣고 한동안 그 냄새를 맡고 있었다
수목장이 진행된 곳에서
무척 더웠고, 더워서 땀띠가 났던 게 생각났다

머리 위로 쏟아지는 스테인드글라스 유리에
햇빛이 다른 색으로 물드는 것을 지켜보았다
몇 가지의 버려진 신발이 있었고
다양한 색깔의 꽃들이 건조하게 말라 있었다

버려진 소파에 잠시 앉아보았다
전 생애가 잠깐 무너졌고
일어서며 스프링과 함께 튀어올랐다

서랍을 닫고
가져온 짐과 함께 방을 빠져나갔고
한때 같이 살던 사람 생각을 했다

죽은 사람 생각을 했고

죽어서 좋은 사람 생각을 했고
죽지 않아서 건조한 사람들 발을 생각했다

마늘을 까고 있는 자들의 냄새
꼭 죽은 자들을 쫓는 것 같아

토요일이 구름처럼 지나가면 곧 일요일이었다
우리는 곧 헤어지자고 말하며 서로를 안았다

뼈와 뼈가 뒤엉키며 포클레인이 그 뒤를 밀던
영화 속 실화의 한 장면이 생각났다
그런 걸 아름답다고 느낄 때 우리는 소스라치게 놀라는
듯하다

음향

—

인공호수는 물빛이 무척이나 어두워 얼마나 깊은지 알 수 없었다
주변을 산책하는 개와 사람들은 백 년 전처럼 평화로웠다

미술관으로 들어섰을 때 미술관의 한구석이 천천히 붕괴하고 있었다
무너진다, 무너진다, 사람들이 조그맣게 소리쳤다
그 소리는 메아리치며 점점 더 크게 한 사람의 말이거나 여러 사람의 말처럼 울려퍼졌다

하지만 그것은 건축의 일부 같기도, 전시의 일부 같기도 해서
무너진 건축물 안으로 물이 차오르는 광경을 지켜보았다

플라밍고는 호수의 섬에서 무리지어 번식한다
벽에 쓰인 글자가 젖은 채 일렁였다
세번째 플라밍고가 물위로 떠올랐다
그것은 꿈 같기도, 전시의 일부 같기도 해서
나는 두 발이 차가워지는지도 모르는 채 젖고 있었다

플라밍고의 가는 다리들
나는 창문의 일부 같기도, 물의 일부 같기도 해서

—

조금씩 귀가 머는 줄도 모르고
물속에 잠기고 있었다

거울 속의 남자

잠을 잘 못 잤어 눈가를 꾹 누르며 남자가 말했다 그때 남
자는 몹시 왜소해 보였다 우리 오늘은 휴양을 떠나요 여자
는 빈 액자 안에 파라솔을 달고 작은 휴양지를 만들었다 남
자는 양말을 벗고 넥타이를 풀고 액자 속으로 들어갔다 여
자도 모래를 허리에 두르고 그 속에 들어갔다 그들은 어깨
가 휘어지도록 수영을 하고 모래사장에 누웠다 머리 뿌리
가 뜨끈뜨끈하지 않아요 꼭 오랫동안 파마를 하고 있는 것
같아

여자의 손등 위로 흰 우유가 쏟아졌다 시리얼이 뒤꿈치에
밟혀 부스러졌다 당신 어디에 있어요 이제 그만 액자 속에
서 나와요 여자는 조금 높은 목소리로 외쳤다 오래 틀어둔
텔레비전 화면에서 욕조 물이 넘치고 있었다 남자는 눈을
떴다 거울 속에서 남자는 거울 밖의 자신을 곁눈질하고 있
었다 거울 밖의 세계에 조금씩 금이 가고 있었다

코 고는 사람은

코를 사랑하는 사람처럼
인생을 조롱하는 자처럼
벽의 흐느낌처럼 줄넘기처럼
고대 법전의 중얼거림처럼
코를 고는 사람은 코를 모르는 사람처럼
코밖에 모르는 사람처럼
휴화산과 활화산 사이 어디쯤에서 폭발하는 머리처럼
반가사유상처럼 눈썹달처럼
코를 고는 사람은 코를 두고 온 사람처럼
눈길을 코로 걸어가는 사람처럼
인생에 대한 돌이킴처럼 잘못 감은 실타래처럼
코 고는 소리만 들리는 모텔 방은 뚝섬유원지의 고가도로
위처럼 거기에 죽으러 내리는 사람의 뒷모습처럼
코 고는 사람은 사막을 오래 걸은 낙타 등처럼
빨주노초파남보의 조용한 새싹처럼 폭주기관차처럼
오늘밤 어느 방 투숙객들 코는 영원한 잠의 졸업식처럼
코를 고는 사람은 코만 남은 것처럼

별장 관리자

회장님의 별장은 산속에 있어요.
멀리서 볼 때 산은 아주 조용해요.

조용한 친구들이 가장 무서워요.
무슨 생각을 하고 있는지 모르니까요.

별장의 용도란 아주 광범위한데요.
위대하고도 평범한 사람이 되기란 어려운 법이죠.

어릴 땐 늘 은밀한 구석을 찾아 들어갔어요.
식탁보 밑에서 만들어내지 못할 놀이란 없었어요.

시체놀이, 숨바꼭질, 캠프파이어……
회장님에게 그러나 별장이란 그런 용도는 아니었어요.

누구든 회장님 앞에선 죽는 시늉을 하고,
눈에 띄지 않게 사라지고, 때론 불구덩이 속으로
뛰어드는 곡예도 불사했지만요.

누구나 곡예사가 되는 건 아니에요.
돈 앞에선 쉽게 곡예를 부리기도 하지만요.

시시티브이를 보며 별장의 비밀을 완벽히 복습했어요.

회장님의 취향에 꼭 맞는 관리자가 되고 싶어요.

여우에게 잡아먹힌 곰 이야기를 아세요?

저멀리 산 뒤로 보이는 양떼들은 평화롭고
어떤 사람들은 산을 기어오르고 있어요.

4부

사랑은 있겠지, 쥐들이 사는 창문에도

복선과 은유

너는 가네 굴러가는 사과처럼
지나가는 열차처럼 너는 가네
죽음에 대한 은유처럼 우리는 가네

언니가 셋이라는 건
옷장의 질서에 두서가 없다는 뜻이죠
반쯤 열려 있는 신발장 또한

막내딸로서 언니들이 차례차례 떠난 집을
아직도 지키고 있다는 말이죠

한밤의 식물들은 조금쯤 음울하고
조금씩 닮아 보여요
그것은 가족에 대한 은유처럼

반질한 구두는 흐르는 시간에 대한 은유처럼
나의 일은 장갑을 끼는 것으로부터 시작하죠

시계와 보석은 두꺼운 유리 안에 있기에
쉽사리 만질 수 없죠, 유리 너머로 볼 수만 있다는 건
부에 대한 은유처럼, 아니 인생에 대한 은유처럼

권총을 쥔 사내가 보석을 노리네
칼을 겨누며 다가오는 강도도 그것을 노려
나의 목숨은 째깍째깍 달아나고
우리를 감싸는 건 고요한 달빛, 달빛

아, 나는 늘 보석을 닦으면서
보석의 단면을 매끄럽게 절단하는 사람의 얼굴을 상상해
왔어요
그는 부드럽고 그는 과묵하고
그는 먼 곳에 사는 연인을 위해 기차를 타고 올라왔다 기
차를 타고 떠나는 사람일 거라고
호텔, 짐 가방, 달빛, 달빛

기나긴 줄을 선 사람들의 표정에선
꿈꾸는 자들의 냄새가 나요

가짜 진주 목걸이를 하고, 싸구려 보석이 박힌 구두를 신
고, 허리를 빳빳이 세운 채 걷던
어린 날의 소꿉놀이처럼

꿈속에서 비로소
내 인생이 진짜라는 느낌이 들어

그러나 인생은 연극 놀이가 아니죠

어디선가 탕, 소리가 들리면
누군가 쓰러져야 해요, 복선과 은유처럼

언니들이란, 누군가는 총을 들고
누군가는 칼을 들고 대문을 지켜왔다는 거죠
나는 강도들을 피해서 계속 달리고
달리고
달려서

옷장을 밀어젖히면서

작은 보석들을 품에 안고 기차에 올라탄다면
나도 언니들처럼 어디로든 갈 수 있을까요
어디로든 정착할 수 있을 거예요
달빛, 달빛

스노볼

겨울이 지나갈 때마다
다시 돌아갈 수 없는 겨울, 을 하나씩 갖게 되고
눈을 뭉쳐 던지는 아이들을 지나치며 떠올렸네
죽어가는 고양이의 심장을 마사지하던 겨울과,
차가운 가슴에 더 차가운 뺨을 대던 어느 겨울과,
눈 위에 간지러운 말들을 쓰던 그보다 더 먼 겨울과,
겨울이 지나갈 때마다
다시 볼 수 없는 사람들을 하나씩 간직하게 되고
좀처럼 올려다보기 힘든 햇빛 속에 서서 생각했네
눈이 밟혀 부서지는 소리는
꼭 심지가 타들어가는 소리 같다고,
자전거 페달을 밟을 때마다
햇빛 속에 눈 부서지는 소리를 들으며
마음의 어딘가가 함께 부서지는 소리를 들었네

한낮의 공원

한낮의 공원에는 많은 사람들이
아이의 손과 개의 목줄에 이끌려
정해진 산책로를 돌고 있다

공원 뒤편으로는
모래를 날리며 덤프트럭이 지나간다

너무 많은 기계, 너무 많은 소음 속에서
우리의 사랑은 닳아 없어지고

그러나 손을 꼭 잡았던 것은
무엇을 위해서였을까,

물결은 너의 머리칼처럼 구불거리는구나,
너무 평화로운 공원에서

산책로 끝에
죽은 사람이 있어,

길게 둘러쳐진 폴리스 라인이 있고

우리는 때로 우리의 삶을 가여워한다
동시에 어떤 사람들보다 우리의 삶이 낫다고 여긴다

공원은 길고
휴일이 어서 끝나기를 기다리는 노숙인들과

아이를 잃어버린 사람의 비명소리
동시에 분수대에서 폭소와 음악이 터지고

늙은 개는 별 볼 일 없다는 걸 안다는 듯 오줌을 싼다

우리는 공원에 간다
우리의 삶이 비슷하다는 것을 확인하려고

우리는 곁에 있는 서로를 너무나 소중히 여기고
그러나 언제라도 잠깐 혼자 있게 되기를 바란다

심장은 사탕

왜 그렇게 슬퍼하는 거니?
네 울음을 그치게 하려고
내 두 발도 다 허물 수 있는데.

사탕은 가장자리부터 녹아가는 심장이구나.
볼이 부어오르는 금붕어를 바라보면서.
우리의 오후를 이루는 것들.
우리를 기쁘고 슬프게 하는 것들.

같은 책을 읽으면 같은 심장을 나눠 가진 거래. 우리 형이
그랬어. 형은 정말 멋있어. 너는 주근깨가 별 같다. 한밤중
에 보면 쏟아져내릴 것 같은
  눈…… 오후가 되면 집을 비워줘야 한다고 아줌마가 그랬
어. 우린 서로 다른 교회로 갈 거라고.

수프같이, 곤죽같이 피아노 안에서, 열두시에 한 번 세시
에 한 번, 내려쳐지는 해머……
너는 거의 녹았다. 투명한 액체로서 있다.

새총에 머리가 깨진 작은 새처럼.
나의 두 발은 이렇게 매일 투명해지는데

새는 가장자리부터 차가워지는 심장이구나.

잠든 우리의 머리 위로 슬픔의 천사와 기쁨의 천사가 번
갈아서 온다.

그러면 우리는 아주 긴 꿈을 꾸었다고 생각하며 눈을 뜬다.

오리 녀석들

이 근본 없는 오리들 떠들지 마렴 그 말에도 아랑곳 않고 너와 나는 복화술로도 떠들었다 교탁 아래서도 책상 밑에서도 거기 그림 그리는 오리들 조용히 하렴 데생을 위한 사과를 깨물면서도 손 들고 벌서는 복도에서도 거기 복도의 오리들 손 똑바로 들렴 교실 안에서 복도를 바라보는 수십 개의 눈동자들

달리는 택시 안에서 기사가 말했다 저기 저 강물 위의 오리 좀 보세요 그것 참 맛있겠다, 옛날엔 참 많이 잡아먹었는데 낚싯줄로 꿰고 돌을 던지고 요즘 세상엔 그러면 잡혀가겠죠 구워먹으면 고소했는데 세상에 오리들, 오리 점퍼의 후예들이 저기에

집 앞의 오리가 나를 본다 오리야 안녕, 오랜만이다 여긴 어쩐 일이니? 궁둥이가 다 드러나는 멋진 옷을 입고 있구나 우리 참 재밌는 일이 많았는데 미술실에서 네가 창밖을 내다보던 나를 밀었잖아 그때 나도 재빨리 네 손을 붙잡았지, 우린 함께 떨어지려 하며 웃었잖아 악의는 없었다는 듯이

한 사람이 웃을 때 그 사람의 이는 얼마나 많은 것을 감추고 있는지 우린 참 많은 사람들을 돌아가며 미워했잖아 마치 우리 자신을 미워하지 않기 위함이라는 듯이 그림을 그리다 말다 울다 웃다 무슨 말 끝에 넌 참 아빠가 자주 바뀐

다 누군가 그랬을 때 너는 신발을 뒤집어 모래를 털어냈잖 ⎯
아 친구라는 말을 결정적으로 이해했다는 듯이

  우린 모두 엉덩이가 하얀 오리들이었는데 저 깃털들 무엇
인가 하늘에서 내리는 것인가 내 눈에만 보이는 것인가 깃
털로 가득찬 시야 오리들 더 큰 소리로 떠드는 오리들 알이
꽉 찬 오리들 천사들의 합창처럼 흰 빛이 터지는 별처럼 내
리는 오리들이 오늘밤 여기에

앞으로 나란히

너희가 모두 잘돼서 기쁘다.
너희가 모두 나의 친구란 것이.

어젠 꿈을 꿨어, 체육대회 때 단체로 출 춤을 연습하는 꿈을, 우리는 넓은 대형으로 서서 동선을 맞춰보고 있었지, 영원히 지속될 것 같은 햇빛, 대형이 안 맞는다며 계속 앞으로 나란히를 시키던 선생님, 그때 내 손끝이 앞사람 등에 닿던 느낌, 자꾸 찌르면 죽여버린다, 그런 낮고 무서운 말투로부터,

차라리 열사병으로 쓰러져버렸다면 쉽고 좋았을 텐데. 물총놀이를 했던 적도 있었지, 민주 생일날 아파트 단지에서였어, 물총을 맞고 죽은 척 쓰러진 내가 고집스럽게 눈 뜨지 않았지.
어떡해, 정말 죽었나봐. 숨도 안 쉬어.
그런 말을 다 듣고 있으면서도 나는 일어나지 않았다, 그땐 지구 종말이 온다는 밀레니엄을 앞둔 시대였고,
죽는다는 건 이런 기분일까…… 숨을 참고 아득해지다가 마침내, 깔깔대며 눈 떴을 때 안도하거나 실망하던 너희들의 표정,

너희가 잘돼서 이렇게 모인 게 기쁘다.
이렇게 한자리에 모일 수 있다는 것이.

그때 지구가 멸망했다면 지금 우리는 이 자리에 없겠지. 칠 년·뒤엔 소행성이 높은 확률로 지구와 충돌한대. 지구가 한순간 먼지처럼 사라지겠지.

그 말에 모두가 조용해져 맥주를 마셨다. 갑작스러운 정전에 핸드폰 불빛을 켜고 양초를 찾는다. 어둠 속에서 나란히 뻗은 팔들의 세계. 아주 오래전처럼 서로의 어깨나 등을 쿡쿡 찌른다.

앞으로 나란한 이 세계가 영원할 것처럼.

원피스에 대한 이해

원피스는 창문을 가리는 커튼이 될 수 있고
이목구비를 지우는 수건이 될 수도 있다

당신은 잠들기 직전까지 신문을 본다
거기에 인생의 중대한 의미라도 담겼다는 듯
그런 건 없더라도 해 지는 저녁이면 뭔가를 기대하게 되고
배부르게 먹고 난 뒤엔 그런 건 없어도 좋다고 생각하며
눈을 감게 된다

노래를 부르던 윗집 여자가 이윽고 조용해질 때까지
우리 둘뿐인 노란 방에서
고독은 끊임없이 흘러 우리를 연결한다
햇빛처럼, 전깃불처럼

오 일 만에 발견된 여자는 목이 긴 구두를 신고 있었다
자기 자신으로부터 걸어나가기 위함이라는 듯……
지금은 도주중인 그 여자 애인과 당신은 조금 닮았다
우리도 종종 다정하거나 난폭하게 지퍼를 내리고 폭주기
관차처럼 깊어지던 적이 있었다
그럴 땐 버려진 개의 눈빛을 이해한다고 생각했다

전깃불이 없다면 우리는 어떻게 서로를 볼까,
환한 빛 아래선 아무래도 서로를 잘 쳐다볼 수 없고

어두워져야 하는 순간에도 불이 들어올 땐 조금씩 어색한
순간이 찾아오기 마련이어서,

깜박거리는 조명 아래 나는 원피스를 벗고, 당신은 여전
히 신문에서 눈을 떼지 않는다
그럴 때 원피스는 고장난 창문, 삐걱거리는 슬픔, 얼룩덜
룩한 반점 따위를 가리는 커튼이 될 수 있고
어쩌다 흐른 땀이나 눈물을 몰래 닦는 수건이 될 수도 있다

당신은 신문 속으로 들어가고, 나는 원피스를 덮고 잠이
들고
그런 저녁이면 이대로 영화가 끝나도 좋다고 생각하게
된다

어두운 골목

우리는 영화를 보고 나와 걷기 시작했지
익선동의 작은 골목을

당신은 언젠가 돌반지를 사러 여기에 왔고
나는 오래전 연인과 이곳에 왔었지

그때 우리는 서로를 몰랐고
지금은 서로에게로 비스듬히 기울어져 걷고 있다

사랑은 있겠지, 쥐들이 사는 창문에도

골목 끝의 허름한 모텔과
취객이 갈기고 간 흔적을 모른 척하며

정말 사랑은 있겠지, 시궁창 같은 인생에도

속으로 생각하는 동안
당신은 속없이 큰 소리로 유행가를 부르고
누군가 비웃듯 웃으며 지나간다

당신은 결혼해서 불행해진 어느 부부를 알고 있고
나는 오래전 헤어진 연인을 지금은 잊었다

서로 다른 영화를 보면서
같은 영화를 보고 있다고 착각하는 거지
어떤 사람들은 그걸 사랑이라 부른다

아이는 자신의 가장 싫은 부분을 닮는다
아이를 향해 윽박지르는 남자는
사실은 혼잣말을 하고 있는 거다

휴일이란 아직
책의 남은 페이지들과도 같아

우린 싸울 만한
여든일곱 가지의 이유를 갖고 있지만
지금은 집으로 돌아가 낮잠을 자기로 한다

잭과 나이프

이웃집 잭은 내 옆구리에 칼을 대고
꼬깃꼬깃한 지폐를 집어가는 날강도
철창에 갇히기엔 딸린 가족이 많지
딸들은 불평이 많고 아들들은 도무지 생각이 없어
줄줄이 소파에, 카펫에, 창틀에 붙어 있는 시간
미용실의 염색약 거품이 풍성하게 흘러내리는 시간

우리는 알아선 안 될 게 많은 이웃이지
밤마다 들려오는 소리;

—이대로 죽고 싶어
—이대로 죽을 순 없어

우리들의 저녁식사
시끌벅적한 인간들의 놀랄 만큼 부끄러운,
스파게티를 코로 마시고 주스를 입으로 분다네
우리는 초대한다네 얇은 벽장을 사이로
밥을 먹다 인사라도 나눌 참이지
날아가는 접시에 껄껄 웃으며 다트라도 던질 판이야

세상은 수상쩍고 대체로 평온한 날들이지만
잭은 얼굴에 상처가 많고 손에는 더 많지
파마약 묻은 돈을 쥐어가 더 냄새나는 장물로 갚는,

밤마다 그의 아들과 딸들은 이렇게 화답하지

—죽으면 천국에 가나요?
—결말이 없는 소설이라면 덮고 밖으로 나가라

밤이 되어 잭은 칼을 두 허리에 차고
새로운 피를 흘리며 돌아온다, 비명 지르는 딸들을 성가
셔하며
새 신발과 함께 나와 산책했다, 길들여야 했으므로
그리고 편지지를 뒤집어 편지를 쓴다;

이 풍경은 땀으로 가득하고 너무 지루하군
멋진 너희들이 보고 싶다.

꿈은 이상한 문장으로 우리의 감수성을 요약하지

꼭 맞는 헬멧을 쓰고 미끄러지자
잭은 나이프에 잼을 바르고 가슴은 배지로 딱딱해졌네

브루클린, 맨해튼, 천국으로 가는 다리

나의 파이프는 금빛이 나는 칠로 단장되어 있어*
네 가슴팍엔 모형 개구리가 잠들어 있지

파이프를 타고 연기가 오르내릴 때
네가 구두를 신고 내 가슴속으로 들어오는 것처럼,
그때의 찬바람 냄새

우리에게 아직 이름이 없었을 때
세상을 잠깐 내려다보았다는 건
우리가 꾸며내기 좋아하는 인생의 첫 장면

나는 브루클린 다리 아래서,
너는 맨해튼 다리 아래서

버려진 소파에 앉아본다
푹신한 천사의 코가 스쳐간 것 같아

인간의 안에는 언제나 신기한 면이 있어
놀라울 만큼의 선의
우연한 악의의 감정
우리는 일찍이 학습했네

테러를 추모하는 공원에도 조롱꾼은 있고

손에 쥔 만화경을 돌리며
천국은 작고 어둡다
그런 말을 떠올렸네

약혼자와 헤어지고서
누군가 네 가슴을 포크로 찍고 있는 것 같다고
말하는 너는 거대한 케이크 같고

나는 촛불을 후 불어 끄듯이 생각했네
오늘 나의 하루가 아름다웠다면 누군가의 해변으로 검은
모래가 밀려온다는 것

밤은 검고, 검고, 검어서
브루클린, 맨해튼, 빛나는 다리 위로

25층에서 오랜 욕설 전화에 시달린 사람이 기절하거나
승강기를 고치던 사람이 갑자기 세상을 떠나기도 해

영화를 보다보면 때때로 정말 중요한 장면은
페이드아웃과 페이드인 사이에 있어

요약된 문장 사이로
요약된 사람들 사이로 눈이 내리네

뉴욕, 시티, 빈손을 쥔 사람들이 모이고
또 그만큼의 사람들이 짐을 싸고 떠난 거리

공휴일의 월스트리트는 천천히 재로 물들지

꿈의 무대를 만들던 사람이 떠난 거리로
새로운 메가폰을 잡은 사람이 들어서고 있어

화려한 뉴욕의 밤거리를 걷다가
검고 반짝이는 구두를 샀네
미숙한 기관사는 정차와 달리기를 반복하고
탭댄스를 추듯 슬픔을 모르는 사람의 발을 살짝 밟기 위
해서

* 장폴 사르트르, 『구토』(방곤 옮김, 문예출판사, 1999)에서.

가장 검은 색을 찾아서

해변에서라면 가장 어두운 얼굴이 되어도 좋을 것이다
공중에 뜬 비치볼처럼 가벼워져도 좋을 것이다
바닷물에 배가 불러도 좋을 것이다
검은 모래 위에 사랑해, 라고 글씨를 쓰고
파도 앞에서 발가락에 힘을 주어도 좋을 것이다
한 사람을 마음속에서 도려낸 일이 있다
살인자, 라고 소리치는 동시에 살인자가 되었다
해변에서라면 오랜 생각에 잠겨도 좋을 것이다
여름의 검은 해변에서라면

우리는 하지, 돌이켜 하지

김상혁(시인)

　　　　　　　　　　　나는 한 여자와 동행한다.
　　　　　　　　　　　　　　　　　　　—김혜순

　민현은 조용하고 복잡한 사람이다. 고르고 골라서 꺼낸
첫 문장이 작품 아닌 사람에 관한 얘기인 게 썩 내키진 않는
다. 최근 비평의 경향은 작가와 그의 창작을 엄격히 분리하
려는 태도에서 자유로워졌다. 그럼에도 나는 그러한 흐름이
창작자의 삶과 정체성을 구심력으로 삼는 당사자성의 강조
로 이어지는 것에 동의하지 않는다. 나는 주민현 시인과 시
집의 주체, 그리고 시의 화자인 '나'를 엄격하게 구별하지
않으며 글을 이어갈 터이지만, 이는 시인이 작품에 자기 이
야기를 적었기 때문이 아니다. 그가 그리려는 것은 자신의
잡다한 경험이라기보다, 그러한 지리멸렬한 일상에 휩쓸리
지 않는 어떤 태도의 일관성이다. 그리고 당연하게도, 일관
된 태도란 자기 방에 고고히 앉아 사색하는 자에게 주어지
는 것이 아니다. 태도는 타자를 대하는 주체의 수의적 대응
이거나, 엇비슷한 대응을 반복하는 과정에서 주체에게 형성
된 불수의적 반사와 같다. 남에게 소리를 지르다보면 소리
지르는 사람이 되어간다.
　주민현 시인은 좌중을 압도할 만큼 큰 목소리를 내는 사
람도 아니며, 자기 입장에서 득한 가치와 신념을 남에게 강
권할 만큼 단순하지도 않다. 그는 남에게 말을 건네기보다

는 남의 이야기를 듣는 사람이다. 그는 말로 위로하거나 손을 잡아주기에 앞서 타인과 함께 먹고 마신다. 그는 친구 옆에 조용히 앉아 같이 영화나 티브이를 보는 사람이다. 이처럼 타자에 대한 그의 윤리적 전략은 '함께 있음'이다. 그리고 윤리적 동행이라고 말해도 좋을 그러한 함께 있음은 주체와 타자를 보다 친밀한 관계로 이끌지만, 동시에 두 사람의 다름이 드러나는 과정이기도 하다. 흔히 생각하는 바와 달리, 타자에 대한 감정이입이나 동일화가 가장 흔하게 관철되는 장소는 윤리적 주체의 내면이 아닌 우리의 시시껄렁한 일상 속이다. 가령, 우리는 자신의 지도교수처럼 슬퍼하고 자기가 출근하는 회사 사장처럼 기뻐한다. 일상 속에서 우리는, 노숙자를 멀리하면서 그들의 사연에 눈물짓고, 외국인을 혐오하며 그들의 노동환경에 탄식하는 것이다. 타자를 향한 듯 보이나 실상 자기 카타르시스를 위한 울음과 한탄. 주민현의 동행이 경계하는 바가 그것이다.

*

시의 맥락을 해명하고 시인의 의도를 규정하는 글만큼 재미없는 게 또 있을까 싶다. 그럼에도 나는 아름다운 이미지와 표현에 관해서가 아니라, 시가 말하려는 생각, 그러니까 시의 생각에 관하여 쓰기로 마음먹었다. 이유는 간단하다. 시인의 생각과 의도에서 산출되는 내용의 탁월함과, 시의 상징과 구도에서 발견되는 형식미가, 각각의 작품에서 매번 동일한 지점에 놓이기 때문이다. 가령, 주민현이 말하는 함께 있음의 윤리적 태도에 공감하여 우리가 고개를 끄덕일 때, 그러한 윤리성은 메시지로서만이 아니라, 주체와 타자가 하나의 프레임 안에 '더블'로 놓이는 이미지로서 우리 눈앞에 펼쳐진다. 좋은 것들 가운데 특히 좋은「철새와 엽총」이라는 시는 '나'와 이란인 친구가 나란히 앉아 있는 장면으로 시작한다.

오늘은 나의 이란인 친구와
나란히 앉아 할랄푸드를 먹는다

그녀는 히잡을 두르고 있고
나는 반바지 위에 긴 치마를 입고
우리는 함께 앉아서 텔레비전을 본다

암사자는 물어 죽인 영양을 먹다가
뱃속의 죽은 새끼를 보자
새끼를 옮겨 풀과 흙을 덮어주고 있다

마치 생각이 있다는 듯
생각이 있다는 건

총 밖으로 새가 날아오른다는 건

오늘 친구와 나는 나란히 앉아 피를 흘리고
우리는 가슴이 있어서 여자라 불린다

마치 생각이 없다는 것처럼
그녀는 검은 히잡을 두르고 있고

철새를 사냥하듯이 총을 들고 숲을 뒤졌다고 했다
그녀의 친구가 옆집 남자와 웃으며 대화했다는 이유로

흑백사진 속에선 무엇이든
흰 눈밭의 검은 얼룩처럼 보이고

흰 얼룩도 긴 적막도
발사된 뒤엔 모두 사라지는 소리지만

그녀의 히잡은 검고
내 치마는 희고

우리는 나란히 앉아
이 세계에 허락된 음식을 먹는다
                        —「철새와 엽총」부분

사자가 영양을 뜯어먹는 장면을 바라보며 두 여성은 말도 없이 앉아 할랄푸드를 먹는다. 그런데 시인은 저렇게 나란히 앉은 둘의 연대의식을 그리는 동시에 '우리'의 차이를 드러내는 데도 골몰하는 것 같다. 생리를 하고 가슴이 있다는 이유로 둘은 똑같이 여자라 불리지만, 실은 '나'와 친구가 얼마나 이질적인가를 이 시는 반복적으로 묘사하는 것이다. 먼저 둘은 '히잡/치마' '검은색/흰색'의 대비로 구분된다. 게다가 남편 아닌 남자와 이야기했다는 이유로 살해당할 수도 있는 문화를 직접적인 위협으로 느끼는 건 친구이지 '나'가 아니다. '나'는 티브이 앞에 안전하게 앉아 딴사람의 사연을 듣고 있을 뿐이다. 어찌 보면 그 이야기를 전하는 친구조차도, 지금은 총을 맞을 일 없는 시간과 장소에서 살고 있다. '나'와 친구는 이렇게 다르고, 친구와 친구의 친구조차도 서로 같은 상황일 수 없다.

그렇게 다르면서도 그들은 같다. 아니, 둘이 그토록 다르기에 그들은 오히려 같음을 주장할 수 있다. 서로 그토록 다름에도 불구하고, 매달 겪는 생리와 볼록한 가슴 말고는 아무런 공통점이 없음에도 불구하고, 둘은 오직 여성이라는 이유만으로 똑같이 위태롭다. 두 사람만 놓고 본다면 '나'와 이란인 친구는 고작 여성이라는 정체성 하나 정도를 접점으로 가질 뿐이다. 그 고작일 뿐인 정체성 하나 때문에 '우리'가 남성권력의 무차별한 폭력 앞에 똑같이 노출되어 있으니 이게 무슨 일일까. 완전히 다른 사회·문화적 배경 내에서도 여성에 대해서만큼은 다르지 않게 작동하는 이 아이러니한 무차별성이 함께 있음의 윤리를 추동하는 것이다.

「철새와 엽총」은 두 여성이 함께 "생각 없이 웃는" 모습을 보여주며 마무리된다. 저 '생각 없는 웃음'은 이란인 친구의 더블로서 '나'가 수행하는 윤리적 웃음이기도 하다. 21세기에도 히잡 따위를 쓰고 있다고, 생각 없이 그런 인습에 얽매어 있다고, '나'의 입장에서 남을 비난하기란 참 쉬운 일이다. 하지만 친구와 실낱같은 정체성 하나를 공유하는 '나'라는 더블은, 생각 없는 웃음을 따라함으로써 히잡을 쓴 여성이 흔히 받는 힐난과 오해의 눈총에 똑같이 노출되기를 마다치 않는다. '나'는 생각 없는 웃음을 통하여 눈에 보이지 않는 히잡을 기꺼이 함께 두른다.

여러 작품에서 시인은 우선 주체와 타자의 경계를 끊임없이 확정하려 한다. '신(神)/인간' '남자/여자' '소년/소녀' '안/밖' '오른손/왼손' 등의 구분을 전제하고 시가 시작되는 것이다. 그는 고전적이거나 경직되어 보이는 이분법의 틀을 마다하기는커녕 적극적으로 활용한다. 누군가는 이와 같은 시선이 다소 폭력적이라고 느낄지 모르겠다. '여기는 여기이고 저기는 저기이다'를 먼저 규정하는 시의 문장들이 현대의 예술지향을 거스른다고 생각할 수도 있다. 하지만 차이가 드러난 이후에야 경계의 양편이 서로의 타자성을 확인하고 인정할 계기도 마련되는 법이다. 물론 그러한 이분법적 시각이 발현되는 근본적인 이유는 다른 데 있다.

*

 주민현의 사유 안에서, 같은 공간에 더블로서 놓여 있는 둘이란 서로 동떨어진 모습으로 나타난다. 그가 관철하려는 더블은 거울에 반사된 나르시시즘적인 더블도 아니며, 동일한 욕망을 추구하는 경쟁자로서 질투와 원한을 불러일으키는 더블도 아니다. 주민현의 더블은 동일화라는 완전성을 추구하지도 않는다. 그렇다고 메리 셸리의 빅터가 끝내 응시하지 못했던 괴물로서의 내면도 아니다. 시인의 더블은 타자와 전혀 다른 모습으로 타자에 대한 '따라 하기'를 실천해내는 더블이다. 주민현의 더블은 함께 있음을 실천하는 더블, 그러면서도 그러한 함께 있음을 대가로 타자에게 동일성을 요구하지 않는 더블이다. 나는 글의 서두에서 연대의식이라는 말을 꺼내긴 하였지만, 나는 시인이 수행하는 따라 하기가 강한 연대감을 염두에 둔다고도 생각하지 않는다. 앞서 말하였듯이, 더블이 투영하는 것은 보다 근본적인 것이다.

 여자로 태어난다는 것은 주어진 한정된 공간에서, 남자들의 보호, 관리 아래 태어난다는 것을 의미했다. 여자들의 사회적 존재는 이렇게 제한된 공간 안에서 보호, 관리를 받으며 그 여자들 나름으로 살아남으려고 머리 쓰고 애쓴 결과로 이룩된 것이다. 그러나 그 대가를 치르기 위해 그녀의 자아는 찢겨 두 갈래로 갈라진다. (……) 아주 어린 시절부터 그녀는 자기 자신을 끊임없이 감시하도록 교육받고 설득당해왔던 것이다.

그리하여 결국 그녀는 한 여자로서의 정체성이 이렇게 감시하는 부분과 감시당하는 부분이라는, 서로 분명히 구별되는 두 구성 요소로 이루어져 있다고 생각하게 된다. (……) 여자 자신 속의 감시자는 남성이다. 그리고 감시당하는 것은 여성이다. 그리하여 여자는 그녀 자신을 대상으로 바꿔놓는다.*

존 버거는 근세 유럽의 누드화에 담긴 남성의 폭력적인 시선을 폭로하면서, 여성 내면에 존재하는 두 갈래의 자아 혹은 시선에 관하여 말한다. 여성의 자아는 자신을 감시하는 나와 자기 시선에 감시당하는 나로 구분된다. 이와 같은 '찢긴 자아'는 남성 이데올로기가 여성을 일찌감치 교육하고 설득한 결과이다. 존 버거는 이런 예를 든다. "방을 가로질러갈 때, 또는 아버지가 사망하여 울 때도 그녀는 걸어가거나 울고 있는 자신의 모습을 머릿속에 떠올리지 않을 수 없다." 시인이 보여주는 예시는 더욱 탁월하다. "볼품없는 남

---

* 존 버거, 『다른 방식으로 보기』, 최민 옮김, 열화당, 2012, 54~56쪽.

자에게 어느 여자가 가슴을 줄까,/ 하지만 나는 그런 남자만을 사랑했네"라는 발화는 무엇을 폭로하나? '순수한 사랑'의 이데올로기는 여성에게 자기보다 못한 남자를 만나도록 강요한다. 외모 같은 건 중요하지 않다, 돈이 전부가 아니다, 같은 말로 사회는 여성을 길들여왔다. "꿈에서 만난 라라 아줌마는/ 할일도 많고 하고 싶은 일도 많지/ 아침엔 마당을 정리하고 저녁엔 상을 차리는/ 가족의 옷 재봉이 기쁨이자 취미인/ 그를 금세 따르기 시작한 내가/ 꼬리를 세게 휘두르는 개가 되어 눈을"(「세계과자 할인점」) 뜨는 장면에서, 시인은 라라 아줌마나 '나'를 향하여 생각 없이 고정된 성역할을 수행하는 부역자라며 비난의 화살을 돌리지 않는다. 거듭 말하건대 그것은 참 쉬운 일이기 때문이다.

언뜻 보기에 주민현의 함께 있음은 소극적이거나 수동적이다. 하지만 나는 정반대라고 생각한다. 그가 시 속에서 관철하는 더블은 여성의 분열된 자아에 대한 가장 전복적인 대응물이다. 남성 이데올로기 속 여성 자아는 1)본래 하나였던 것의 분열이고 2)감시하거나 감시당하는 시선이므로 위계를 가지기 때문에 3)주체의 인지를 왜곡하고 억압한다. 반면, 주민현의 더블은 1)본래 동떨어진 둘의 함께 있음이고 2)감시와 위계가 없는 교감이기에 3)두 주체의 인지를 회복하고 갱신한다. 억압된 여성으로 살아온 주체의 응시는 남성이 시선 권력을 통하여 세계를 대상화하는 방식과는 본질적으로 다르게 작동할 수밖에 없다. 주민현의 주체는 남성이 여성에게 심어둔 찢긴 자아와 '운집/분열' '동등/위계' '갱신/왜곡' 등의 요소로 대응하면서, 전혀 폭력적이지 않은 '둘', 권력 차이 없이 같은 공간에 존재할 수 있는 '둘'이 가능함을 보여준다.

*

주민현 시인이 언어로서의 실천, 실천으로서의 언어를 사유하는 건 당연해 보인다. 분열된 자아를 품은 주체가 그러한 분열의 원흉인 남성 중심의 이데올로기에 대응하여 함께 있음의 윤리를 실천하는 것. 시인으로서, 시의 언어로서 그렇게 하기 위하여, 말 그대로 그는 '언어로 하기'를 원한다.

바깥의 비 오는 양철 지붕 위에서 떨고 있는 고양이, 하지에 대한 생각을

지붕을 두드리는 빗물의 리듬과
계단을 올라오는 집주인 아들의 발소리와,

우리는 하지, 돌이켜 하지
자세를 바꿔서, 뒷면부터 다시 시작되는 카세트테이프처럼
우리는 영원히, 하지

139

—

—

(……)

하면서도 우리는, 하지

(……)

우리는, 하지
물이 똑똑 새기 시작한 부엌의 천장과
밀크티가 되어가는 가루가 담긴 컵과
흐르는 빗물의 리듬에 뒤섞여
　　　　　　　　　—「우리는, 하지」 부분

　시에는 '우리'의 내용이 없다. 다만 어떤 상황과 운동이 있
을 뿐이다. 시인은 우리가 누구인지, 구체적으로는 둘의 성
별이 무엇이고 출신이나 모습이 어떤지를 생략한다. 이 작
품이 다음과 같은 것을 그려냈다고 볼 수도 있다. '우리'라
는 존재의 내용을 압도하는 어떤 상황, 예를 들면 가난, 그
러니까 허름한 지붕과 낡은 벽이 들려주는 빗물 떨어지는
소리와 집주인 아들의 발소리 같은 것. 시인은 의도적으로
집안에 들어와 있는 '우리'와 "바깥의 비 오는 양철 지붕 위
에서 떨고 있는 고양이"의 이미지를 겹쳐두고 있다. 가난
한 '우리'의 집은 안전과 사생활을 전혀 보장하지 못한다.

—

하지만 시의 정념이 몰려 있는 자리는 "하면서도 우리는, 하지"라는 문장이다. 아마도 시인은 의도적으로 성애의 장면이 연상되도록 시를 구성하였을 것이다. 이는 성애, 하면 남녀의 뒤엉킨 육체부터 떠올리는 이성애 중심주의를 조롱하려는 것일 수도 있고, '하지'라는 단어에 성애의 이미지를 걸쳐두어 보다 강렬하게 제시하려는 것일 수도 있다. 의도가 어찌되었든 "우리는 하지, 돌이켜 하지" "우리는 영원히, 하지" "하면서도 우리는, 하지"와 같은 문장은 좀처럼 잊히지 않는다. 하고, 돌이켜 하고, 영원히 하고, 하면서도 하려는 것이란 대체 무엇일까. '우리'의 구체성도 없고, 그러한 '우리'가 하고 있는 행동의 내용마저 지워져 있기에, 마침내 강조되는 것은 행위 그 자체이다. '우리'는 한다는 것을 한다.

여성 시인의 시에서 의미의 개진을 일사분란하게 발라내는 것, 그 의미를 객관적으로 논구하는 것은 매우 지난한 일이다. 왜냐하면 여성 시인이 작업을 수행할 때 그 작업의 수단이 바로 남성들이 발명한 언어, 그 언어로 점철된 시사(詩史), 레토릭과 기호들이기 때문이다.*

언어는 남성의 소유가 아니었던 적이 없다. 그런 맥락에

* 김혜순,『여성, 시하다』, 문학과지성사, 2017, 126쪽.

서, 여성의 시적 주체가 동일성의 사유를 통하여 타자의 윤리를 실현하기란 거의 불가능하다. 시 안에서, 아니 상징계 내부에서 발생하는 모든 동일화는 필연적으로 언어적이며, 그래서 하나같이 남성적이다. 여성 시인에게 있어 아예 말하기를 멈추는 것도 가능한 선택지가 아니기에, 주민현은 방법론적으로는 동일화를 지양하는 동시에, 언어적으로는 존재로서의 시(언어-하기)를 사유하지 않을 수 없다.

언어-하기와 관련하여 『킬트, 그리고 퀼트』의 메타적 사유에 관해서도 이야기해볼 수 있다. 주민현 시인의 메타적 글쓰기는 단순히 기법으로서의 그것과는 조금 차이가 있다. 묘하게도, 그의 시선은 메타시가 아닌 작품에서도 메타적이다. 내가 보기에, 주민현의 모든 시로부터 도저히 분리해낼 수 없는 저 메타적 시선이 바로 이 시집의 전반적인 분위기를 형성하고 있다. 어째서 주민현의 시는 타자의 노래를 굳이 "발바닥엔 글씨가 적히기 시작"(「철새와 엽총」)하는 이미지로 바꾸어놓나? 왜 그는 입으로 발화하지 않고, 말이 물질이라는 된다는 듯이 "거기에 대고 하나의 말을 던"(「아무 해도 끼치지 않는 펭귄」)지는가? 왜 그는 한 사람의 인생에 대하여 지나치게 소설적인 이야기("한 여자는 목걸이와 귀걸이를 팔지/ 먹을 수도 없고, 녹슬어버릴 것을/ 남편은 수 년 전에 세상을 떠났지/ 보험금으로 여기 한 칸을 마련한 거야"「터미널에 대한 생각」)를 애써 구성하는가? 어째서 "네 입술이 물음표 모양으로 끝나"며, 너의 입

김은 "해독할 수 없는 암호"(「절반은 커튼, 절반은 창문」)로
'나'의 눈앞에 나타나는가? 왜 하필 눈송이는 "요약된 문장
사이로/ 요약된 사람들 사이로"(「브루클린, 맨해튼, 천국으
로 가는 다리」) 내리고 있는가?

　메타적 쓰기의 구체적인 정황이 드러나지 않더라도 주민
현의 발화는 언제나 섬세하게 정제된 채로 종이 위에 적힌
다. 그의 시에 빠지기 전에 나의 생각은 이랬다. 활달한 어
투를 무기로 삼는 구어체의 시들이야말로 윤리적인 태도를
전달하거나 언어의 실천적 효과를 타진하는 데 있어서 훨씬
더 적합하다고. 그런데 그렇지 않다. 주민현은 문장 하나도
쉽게 흘리거나 버리는 법이 없다. 뭘 이렇게까지 정치하게
쓰나 싶게, 그는 서두르는 법 없이 종이에다 글자 하나하나
를 꾹꾹 눌러 적는다. 시의 언어가 정말로 우리의 마음을 돌
이킬 수 있다는 듯이. 시가 정말로 우리 눈앞에 놓인 무언
가를 들고, 옮기고, 밀기도 한다는 듯이. 정말로 조심스럽
고 사려 깊은 문장들이라서 언젠가 그건 내 앞에 앉아서 이
야기를 들어줄 것만 같다. 가령, 「오리들의 합창」을 읽다가,

　　"마음대로 되는 게 없어요/ 맘대로 되는 게 없군요/ 물
　속에선 뭐든 천천히 힘을 빼야 하는군요

　　저녁반 수영장에 오는 사람들은/ 누구든 열심히 사는
　사람들 같아요"

143

같은 문장을 만나면, 그가 어떤 마음으로 시를 쓰고, 어떤 감정으로 자기를 돌아보는지가 눈에 선하였다. 그러다가 「이미 시작된 영화」라는 작품에서,

　　"눈을 감고 걸어도 암흑과 지팡이의 세계를/ 이해할 수 있는 건 아니지만

　　기울어진 채로 걸어가는 이 길은 흔들리고/ 나는 이렇게 이마에 멍이 드는 시간이 좋아"

　　같은 문장을 읽다보며, 그가 어떤 생각과 결심으로 타자를 향하여 걸어가는지가 분명하게 보이기도 하였다. "우리는 언제라도 거울 속에서/ 자신을 꼭 닮은 신을 하나씩 만들 수 있다"(「광장과 생각」)고 말하는 그는 너무나도 적막해 보이고, "차가운 창문에 입김을 불어 무엇하겠나, 나도 아저씨 같은 것은 되고 싶지 않았다네"(「사소한 이유」) 같은 말을 흉내내는 그는 헤아릴 수 없이 깊은 사람 같다. "미술실에서 네가 창밖을 내다보던 나를 밀었잖아 그때 나도 재빨리 네 손을 붙잡았지, 우린 함께 떨어지려 하며 웃었잖아 악의는 없었다는 듯이"(「오리 녀석들」)와 같은 섬세한 장면은 어쩌나 서늘하고 좋은지. 시간을 들여 거듭 돌이켜본 언어가 '글쓰는 행위'의 흔적을 작품 안에 남기는 것은 어쩌면

너무나도 자연스러운 일인지도 모른다.

*

'킬트, 그리고 퀼트'가 시집 제목으로 결정되었다는 이야
기를 전해들으며, 나는 제목에 나란히 붙어 있는 저 '킬트'
와 '퀼트'라는 두 글자가, 한 공간에 나란히 놓여 서로의 이
야기를 들어주는 주체와 타자를 닮았다고 생각하였다. 쓸데
없는 얘기지만 그런 생각을 하면서 괜히 떨리고 좋았다. 아
무리 알고 지내는 사이라도, 다른 시인 시집에 발문 쓰는 일
이 얼마나 즐거울 수 있을까 싶었는데. 내가 시에 무슨 멋진
말을 꺼낼 사이도 없이, 주민현의 시들이 스스로 힘을 내서
나의 생각을 뒤에서 잘 밀어준 것만 같다. 나는 나도 모르게
춤을 춘 것 같기도 하다.

주민현 1989년 서울에서 출생했다. 2017년 한국경제 신
춘문예로 등단했다. '켬'동인으로 활동중이다.

― 문학동네시인선 131
킬트, 그리고 퀼트
ⓒ 주민현 2020

― 1판 1쇄 2020년 3월 10일
1판 6쇄 2024년 5월 7일

지은이 | 주민현
책임편집 | 강윤정
편집 | 김봉곤 김영수 김민정
디자인 | 수류산방(樹流山房) 본문 디자인 | 유현아
저작권 | 박지영 형소진 최은진 서연주 오서영
마케팅 | 정민호 서지화 한민아 이민경 안남영 왕지경 정경주 김수인 김혜원
　　　　김하연 김예진
브랜딩 | 함유지 함근아 고보미 박민재 김희숙 박다솔 조다현 정승민 배진성
제작 | 강신은 김동욱 이순호
제작처 | 영신사

펴낸곳 | (주)문학동네
펴낸이 | 김소영
출판등록 | 1993년 10월 22일 제2003-000045호
주소 | 10881 경기도 파주시 회동길 210
전자우편 | editor@munhak.com
대표전화 | 031) 955-8888　팩스 | 031) 955-8855
문의전화 | 031) 955-2696(마케팅), 031) 955-2678(편집)
문학동네카페 | http://cafe.naver.com/mhdn
인스타그램 | @munhakdongne　트위터 | @munhakdongne
북클럽문학동네 | http://bookclubmunhak.com

ISBN 978-89-546-7095-1 03810

* 이 책의 판권은 지은이와 문학동네에 있습니다. 이 책 내용의 전부 또는 일부를 재사용하려면 반드시 양측의 서면 동의를 받아야 합니다.
* 이 책은 서울문화재단 '2018년 첫 책 발간 지원사업'의 지원을 받아 발간되었습니다.

잘못된 책은 구입하신 서점에서 교환해드립니다.
기타 교환 문의: 031) 955-2661, 3580

― www.munhak.com

문학동네